经 典 照 亮 前 程

他们眼望上苍

[美] 佐拉·尼尔·赫斯顿◎著

王家湘◎译

Their Eyes Were Watching God

华东师范大学出版社

·上海·

图书在版编目（CIP）数据

他们眼望上苍/（美）佐拉·尼尔·赫斯顿著；王家湘译. —上海：华东师范大学出版社，2024
ISBN 978-7-5760-4820-9

Ⅰ.①他… Ⅱ.①佐…②王… Ⅲ.①长篇小说—美国—现代 Ⅳ.①I712.45

中国国家版本馆 CIP 数据核字（2024）第 079309 号

他们眼望上苍

著　　者　〔美〕佐拉·尼尔·赫斯顿
译　　者　王家湘
责任编辑　陈　斌
责任校对　时东明
装帧设计　卢晓红

出版发行　华东师范大学出版社
社　　址　上海市中山北路 3663 号　邮编 200062
网　　址　www.ecnupress.com.cn
电　　话　021-60821666　行政传真 021-62572105
客服电话　021-62865537　门市（邮购）电话 021-62869887
地　　址　上海市中山北路 3663 号华东师范大学校内先锋路口
网　　店　http://hdsdcbs.tmall.com

印　刷　者　上海颛辉印刷厂有限公司
开　　本　889 毫米×1194 毫米　1/32
印　　张　6.5
字　　数　144 千字
版　　次　2024 年 6 月第一版
印　　次　2024 年 6 月第一次
书　　号　ISBN 978-7-5760-4820-9
定　　价　78.00 元

出 版 人　王　焰

（如发现本版图书有印订质量问题，请寄回本社客服中心调换或电话 021-62865537 联系）

目　录

献给亨利·艾伦·莫

1

遥远的船上载着每个男人的希望。对有些人，船随潮涨而入港；对另一些人，船永远在地平线处行驶，既不从视线中消失也不靠岸，直到瞩望者无可奈何地移开了目光，他的梦在岁月的欺弄下破灭。这是男人的一生。

至于女人，她们忘掉一切不愿记起的事物，记住不愿忘掉的一切。梦便是真理，她们依此行动、做事。

因此故事的开始是一个女人，她埋葬了死者归来。死者并非是有朋友在枕边脚旁哀悼着因病魔缠身而死。她从透湿的、泡得肿胀的、暴死的人中归来；暴死者的眼睛睁得大大的，审视着天命。

人们全都看到她回来了，因为那是日落以后，太阳已经下山，但它的脚印尚留在天空。这正是在路旁的门廊上闲坐的时候，听消息、聊大天的时候。坐在这里的人们一整天都是没有舌头、没有耳朵、没有眼睛的任人差遣的牲口，让骡子和别的畜生占了自己的皮去。但现在，太阳和工头都不在了，他们的皮又感到有力了，是人皮了。他们成了语言和弱小事物的主宰。他们用嘴巴周游列国，他们评是断非。

看到这个女人回来时的样子，使他们想起过去积聚起的对她的妒忌，因此他们咀嚼着心头的记忆，津津有味地咽了下去。他们问的问题都是辛辣的宣言，他们的笑是杀人工具。这是群体酷刑。一种心态活灵活现。传言不胫而走，如歌曲中的和声般一致。

"她干吗穿着那身工作服回到这儿来？难道她找不到一件女装穿吗？——她离开这里时穿的那套蓝缎子女装哪儿去了？——她丈夫弄到的、死了又留给她的那么多钱都上哪儿去了？——这个四十岁的老太婆干吗要像个年轻姑娘那样让头发披到后背上一甩一甩的？——她把和她一起离开这里的那个年轻小伙子扔在哪儿了？——还以为她要结婚呢？——他在哪儿扔下她的？——他把她那么些钱怎么着了？——打赌他和哪个小得还没长毛的妞儿跑了——她干吗不保持自己的身份地位？——"

当她走到他们那儿时，她把脸转向了这些胡嚼舌根的人，开了口。他们匆匆忙忙七嘴八舌地道了"晚上好"，嘴张着，耳朵满怀希望。她的话倒挺使人愉快的，可她没有停住脚，一直朝自己的大门走去。门廊上的人只顾得看，顾不上说话了。

男人们注意到她结实的臀部，好像她在裤子的后袋里放着柚子。粗绳子般的黑发在腰际甩动，像羽毛样被风吹散。而她耀武扬威的乳房则企图把衬衣顶出洞来。他们，男人们把眼睛看不见的留着在心里琢磨。女人们记下了她褪色的衬衫和泥污的工作服，保留在记忆中。这是和她具有的力量进行斗争时的武器，如果以后证明没有什么价值，仍可以作为她有朝一日可能落到她们的地步的希望。

不过直到她家的门在她身后砰的一声关上为止，没有一个人动，没有一个人说话，甚至没有一个人想到要咽咽唾沫。

珀尔·斯通张开嘴大笑了起来，因为她不知道该怎么办。她一面笑，一面趴在萨普金斯太太身上。萨普金斯太太鼻子喷着粗气，嘴里啧啧有声。

"哼，你们都替她操心，你们都不像我，我才不去捉摸她呢。要是她连停下来，让人知道她过得怎么样的这点礼数都没有，那就让她去好了！"

"她甚至都不值得我们去谈论，"卢洛·莫斯用鼻子拖长了腔调说，"她高高在上，可样子下作，这就是我对这些追年轻小伙子的老太婆的看法。"

费奥比·华生先往前倾着身子，在摇椅里坐定，开口说话："咳，谁也不知道这里面有没有什么可说的，我呢，是她最要好的朋友，而我也不知道。"

"也许我们没有你知道的内情多，可我们都知道她是怎么离开这里的，我们也都肯定地看见她回来了。你企图包庇珍妮·斯塔克斯这种老太婆也没用，费奥比，不管你们是不是朋友。"

"要说老，你们这些说话的人里有的可比她老多了。"

"据我所知，她四十好几了，费奥比。"

"她最多也就是四十岁。"

"对于甜点心这样的小伙子，她可太老了。"

"甜点心早就不是小伙子了，他都三十了。"

"我不管这个那个，她总该可以停下来和我们说上几句话的吧。她这个样子好像我们做了什么对不起她的事似的，"珀尔·斯通抱怨道，"做了错事的是她。"

"你是说你气的是她没有停下来把自己的事都告诉我们。不管怎么说，你们究竟知道她干了什么坏事，要把她说得这样一无是处？就我所知，她做的最坏的事就是瞒了几岁年纪，这丝毫也没有损害别人。你们真让我起腻。照你们的说法，人家还以为这个城里的人在床上除了赞美上帝别的什么事也不干呢。对不起，我得走了，因为我得给她送点晚饭去。"费奥比猛地站了起来。

"别管我们，"卢洛微笑道，"去吧，你回来之前我们给你照看房子，晚饭我已经做好了。你最好去看看她感觉怎样。可以让我们也知道知道。"

"天哪，"珀尔附和道，"我说话说的时间太长了，把那小块肉和面包都烤焦了。我可以在外面想待多久就待多久，我丈夫不挑剔。"

"啊，嗯，费奥比，你要是马上就走，我可以陪你走到那儿去，"萨普金斯太太主动提出说，"天很暗了，妖怪说不定会抓住你的。"

"不用了，谢谢你，我就走这么几步，什么也不会抓住我的。反正我丈夫对我说了，没有哪个第一流的妖怪会要我的。要是她有话对你说，你听着就是了。"

费奥比手里拿着一只盖着盖子的碗急急走去。她离开门廊，大伙儿未问出口的问题一齐向她的后背投来。他们希望答案是残酷古怪的。当费奥比·华生到了珍妮的家门口后，她没有从大门进去沿棕榈树小道走到前门，而是转过栅栏拐角从便门走了进去，手里端着满满一盆褐米饭。珍妮一定是在房子的这一边。

她看见她坐在后廊的台阶上，灯里已经灌好了油，灯罩也擦干净了。

“你好，珍妮，你怎么样？”

“啊，挺好的，我正在泡脚，想解解乏，洗洗土。”她笑了笑。

“我看见了，姑娘，你看上去真不错，像你自己的女儿。”她们两个都笑了，“即使穿着工作服，也露出你女人的特点。”

“瞎扯！瞎扯！你一定以为我给你带了什么来，可我除了自己之外一样东西也没带回家来。”

“那就足够啦，你的朋友们不会想要更好的东西了。”

“我接受你的恭维，费奥比，因为我知道这是真心话。”珍妮伸出手来，“天哪，费奥比，难道你不打算把你带来的那点吃的给我了？今天除了自己的手我什么也没往胃上放过。”她们俩全轻松地大笑起来，“给我，坐下。”

“我知道你会饿的。天黑以后不是满处找柴禾的时候。这回我的褐米饭不怎么好，咸肉油不够了，不过我想还能充饥。”

“我马上就告诉你。”珍妮揭开盖子，说，“姑娘，太棒了！厨房里的事你可真是在行。”

“啊，这不是什么好吃的东西，珍妮，可是明天我多半会有一堆好吃的东西，因为你回来了。”

珍妮津津有味地大吃着，没有说话。太阳在天空搅起的彩色云尘正慢慢沉下。

“给你，费奥比，把你的破盘子拿去，空盘子我一点用处也没有。那吃的来得确实是时候。”

费奥比被自己朋友粗鲁的玩笑逗乐了，“你还是和从前一样疯。”

"把你旁边椅子上的那块毛巾递给我，亲爱的，让我擦干净脚。"她拿过毛巾用力擦着。笑声从大路上传到她耳中。

"好吧，看来全能的嘴巴还在某处发威，而且我猜现在他们嘴里说的就是我。"

"是的，不错，你知道要是你走过某些人身边而不按他们的心意和他们谈谈，他们就会追溯你的过去，看你干过些什么。他们知道的有关你的事比你自己知道的都要多。心存妒忌听话走样。他们希望你出什么事，就'听到'了这些事。"

"如果上帝不比我更多地想到他们，他们就是丢失在高草丛里的一只球。"

"我听到他们说些什么，因为我家门廊在大路边，他们都爱上我这儿来。我丈夫烦透了，有的时候他把他们全赶回家去。"

"山姆做得对，他们不过就是磨你们的椅子罢了。"

"对，山姆说他们多数的人都上教堂，这样在末日审判时就能复活。在那一天任何秘密都该公开，他们要在场听到所有的一切。"

"山姆真是个大疯子！和他在一起就会止不住地笑。"

"啊哈，他说他自己也打算在场，好弄清楚是谁偷了他的棒子芯烟斗。"

"费奥比，你那山姆简直就不肯罢休！疯子！"

"这帮黑家伙对你的事感兴趣得要命，要是不能很快弄明白，他们很可能要催自己尽早去到末日审判的地方搞清究竟。你最好赶快告诉他们你和甜点心结婚的事，还有他是不是拿了你所有的钱和哪个年轻姑娘跑了，以及他现在在哪儿，你的衣服都哪儿去了，怎么会搞得你只得穿着工作服回来。"

"我不想烦神对他们说什么，费奥比，不值得费这个事。你要是想说，可以把我的话告诉他们，这和我自己去说一样，因为我的舌头在我朋友的嘴里。"

"要是你有这个愿望，我就把你要我告诉他们的告诉他们。"

"首先，像他们这样的人对他们一无所知的事情说长道短，浪费的时间太多了。现在他们非要来追究我对甜点心的爱，看看做得对不对！他们甚至都说不清生活是不是就意味着一顿玉米面团子，爱情是不是就意味着床上的被子！"

"只要他们能逮住一个名字来嚼舌，他们才不在乎是谁的名字，是什么事情呢，尤其是如果他们能把它说成是坏事的话。"

"要是他们想看想了解，为什么不来吻吻我，也让我吻吻他们呢？这样我就可以坐下来讲给他们听。我是个参加了'人生大协会'的代表，是的！在你们没有看见我的这一年半里，我就是在总部，在盛大的生活代表大会上。"

她们在夜色初临的清新中紧挨着坐在一起。费奥比迫切地想通过珍妮体验一切，但又不愿表现出这热情来，怕珍妮认为她纯是出自好奇。此时珍妮胸中充满了人类那最古老的渴望——自我剖露。费奥比长久地保持着沉默，但却禁不住地移动着她的脚。珍妮就这样倾诉了一切。

"只要我银行里还存着九百块钱，他们就用不着为我和我的工作服担心。是甜点心让我穿上的——好跟着他。甜点心没有花光我的钱，也没有扔下我找年轻姑娘。他给了我世上的一切安慰。如果他在这儿，也会这么对他们说的——要是他没有走的话。"

费奥比全身涨满了急切的期待，"甜点心走了？"

"是的，费奥比，甜点心走了，这是你能看到我回到这儿来的唯一原因，因为在我待的那个地方已经没有什么再能使我幸福了，那是在南部沼泽地，在烂泥地里。"

"你这么个讲法我很难听懂你的意思，不过有时候我脑子就是慢。"

"不，这和你想象的不一样，所以如果我不把情况给你解释清楚，告诉你什么也没有用。如果没有看见毛，水貂的皮和浣熊的皮没什么不一样。我说，费奥比，山姆是不是在等你给他做晚饭？"

"都做好了等着呢，要是他连去吃的脑子都没有，那就该他倒霉。"

"那好，我们可以就坐在这儿聊。我把房子的门窗全打开了，好让这小风吹一吹。"

"费奥比，我们已经是二十年的亲密朋友了，所以我指望着你的善意态度，我就是出于这点和你来谈的。"

时光使一切变老，所以珍妮说话的工夫，那轻柔的初临的夜色变成了可怕的龙钟老物。

2

珍妮感到自己的生命像一棵枝叶繁茂的大树，有痛苦的事、欢乐的事、做了的事、未做的事。黎明与末日都在枝叶之中。

"我清楚地知道要告诉你些什么，可是很难知道从哪儿开始。"

"我从来没有见过爸爸，要是看见他也不会认识他。我也没见过妈妈。在我懂事前好久她就离开了。我是姥姥养大的。是姥姥和她给干活的那家白人养大的。在后院里她有间房子，我就生在那里。主人是西佛罗里达有身份的白人，姓沃什伯恩，他们家有四个孙儿女，我们都在一起玩，因为在那儿谁都管我姥姥叫阿妈，所以我也一直这么叫她。阿妈总是在我们恶作剧的时候抓住我们，把每个孩子都打一顿，沃什伯恩夫人也和她一样。她们从来也没有错打过我们，看来那三个男孩子和我们两个女孩子是够招人生气的。

"我和那些白种孩子老在一起，结果到六岁我才知道自己不是白人。要不是因为有个人来照相，我还不会发现这一点呢。年纪最大的那个叫谢尔比的男孩子谁也没有问，就让他给我们照了一张。大概一个星期以后那人拿了相片来给沃什伯恩夫人看，并且问她要钱。她付了钱，然后把我们大家痛揍了一顿。

"当我们看相片时，每个人都被认了出来，除了一个站在伊丽诺身边的长头发的挺黑的小女孩外，一个也没剩下。我本该在

这个地方的，可是我认不出那个黑孩子是我，因此便问道：'我在哪儿？我看不见自己。'

"大家全都大笑起来，连沃什伯恩先生都笑了。丈夫死后回到家里来的几个孩子的妈妈奈利小姐指着那个黑孩子说：'那就是你，字母表，你难道不认识自己吗？'

"那时候他们都管我叫字母表，因为有那么多人给我取了不同的名字。我盯着照片看了好久，看出那是我的衣服和头发，所以我就说：

"'啊！啊！我是黑人！'

"这时候他们都使劲笑了起来，可是在看照片以前，我以为自己和别人一样。

"我们快快活活地住在一起，直到学校的小朋友开始取笑我住在白人家的后院里。学校有个叫梅瑞拉的女孩，长着一头小卷发，每次她看着我就生气。沃什伯恩夫人总是用她孙女们不穿了的衣服打扮我，这些衣服比别的黑人小孩穿的要好，而且她总是给我头发上扎上绸发带，这往往激怒了梅瑞拉，所以她总找我的茬儿，还鼓动别的一些同学这样做。他们把我从游戏圈里推出去，说是他们不能和住在宅院里的人一起玩。后来他们又对我说，别因为自己的穿着而觉得了不起，因为他们的妈妈对他们说了猎狗追了我爸爸整整一夜的事，说因为他和我妈妈的事，沃什伯恩先生和警长派警犬跟踪我爸爸，要抓他。他们可没说人们后来看见他如何设法和妈妈取得联系好娶她。没有，他们根本没提这一段。他们把事情说得特别糟，好杀杀我的威风。他们甚至都不记得我爸爸叫什么名字，可却把警犬那部分熟记在心。阿妈不爱看我耷拉着脑袋，她盘算如果我们自己有房子，对我会好一些。她弄到了一块地和所需的一切，沃什伯恩夫人也送了好多东西，帮了她一把。"

费奥比如饥似渴地听着，这有助于珍妮讲述自己的故事。于是她不断回忆着童年时光，用轻柔、流畅的语言向好友叙述一切，而在屋子的周围夜色愈来愈浓。

她沉思片刻，认为自己懂事的生活是从阿妈家的大门口开始的。一个傍晚阿妈把她叫进屋，因为她发现珍妮听任约翰尼·泰勒在门柱旁亲吻她。

这是西佛罗里达一个春天的下午。这一天大半的时间珍妮都是在后院一棵开着花的梨树下度过的。三天来，她把在干杂活时忙里偷闲得来的每一分钟都消磨在那棵树下，也就是说，打从第一朵小花开放时起，她就在那儿。它呼唤她去到那儿凝视一个神秘的世界。从光秃的褐色茎干到亮晶晶的叶芽，从叶芽到雪白纯洁的花朵，这使她激动不已。怎么个激动法？为什么激动？如同遗忘在另一个世界的一首长笛曲被重新记起。什么曲子？如何记起的？为什么会记起？她听到的欢唱与耳朵无关。世间的幸福正喷出清香，在白天跟随着她，在睡梦中抚爱着她。它和引起她感官的注意又埋藏在她肉体中的其他模模糊糊感觉到的事情联系了起来。这时它们涌现出来，在她的意识之中潜探而行。

她仰面朝天躺在梨树下，沉醉在来访的蜜蜂低音的吟唱、金色的阳光和阵阵吹过的轻风之中，这时她听到了这一切的无声之声。她看见一只带着花粉的蜜蜂进入了一朵花的圣堂，成千的姊妹花萼躬身迎接这爱的拥抱，梨树从根到最细小的枝丫狂喜地战栗，凝聚在每一个花朵中，处处翻腾着喜悦。原来这就是婚姻！她是被召唤来观看一种启示的。这时珍妮感受到一阵痛苦，无情而甜蜜，使她浑身倦怠无力。

过了一会儿她从躺着的地方站了起来，走遍那一小片园子，寻求对那声音与预感的证实。她处处都找到了、看出了答案，除了对自己之外，她对一切造物都有自己的答案。她感到答案在寻找着自己，但是在什么地方？什么时候？用什么方式？她发现自己来到了厨房门外，便蹒跚地走了进去。屋子里苍蝇嗡嗡唱着乱飞，有婚有嫁。当她走到狭窄的门厅时，她想起姥姥头痛生病在家。姥姥横躺在床上睡着了，因此珍妮踮着脚尖走出了前门。啊！能做一棵开花的梨树——或随便什么开花的树多好啊！有亲吻它的蜜蜂歌唱着世界的开始。她十六岁了，她有光滑的叶子和绽开的花蕾，她想与生活抗争，但她似乎捕捉不住它。哪里有她的欢唱的蜜蜂？在前门及姥姥的房子里都没有答案。她从前门的台阶顶上尽可能地寻找这个世界，然后走到大门口倾身向路的两头凝望。望着，等待着，由于焦急而呼吸急促。她等待着世界的形成。

透过弥漫着花粉的空气，她看见一个光彩夺目的人从路上走来。在过去蒙昧状态下她知道他是又高又瘦的吊儿郎当的约翰尼·泰勒，那是在金黄的花粉赋予他的破衣烂衫以魅力并迷住了她的眼睛之前的事。

阿妈快醒的时候梦见自己听到了声音，声音在很远的地方，但一直不停，而且逐渐移近。是珍妮的声音。珍妮断断续续的低语声和一个男人的声音，她不太能听出这男人是谁。这使她一下子清醒过来，笔直地坐起身子，从窗子里向外张望，看到约翰尼·泰勒正以一吻伤害着她的珍妮。

"珍妮!"

老人的声音里没有命令和申斥，只有彻底的幻灭，这使珍妮有点相信阿妈没有看见她。于是她从梦境中脱出身来，走进房子里去。她的童年从此就结束了。

阿妈的头和脸看上去就像被风暴折断的一棵老树残留的树根，已经不再起作用的古老的力量的根基。珍妮用一块白布捆在姥姥额头周围，止热用的蓖麻叶已经蔫萎，变成了与老人不可分的一个部分。她的眼光没有穿透珍妮，而是扩散开来，把珍妮、房间和世界融合在一起来理解。

"珍妮，你是一个女人了，所以——"

"不，阿妈，不，我还算不得是女人呢。"

对珍妮说来，这个念头太新鲜、太沉重了。她把它赶走了。

阿妈闭上了眼睛，疲倦地、慢慢地点了许多下头之后才再次开口。

"是的，珍妮，你长成大人了，所以我还是把准备了好久的话告诉你吧。我要看到你马上结婚。"

"我？结婚？不，阿妈，不，太太! 我懂什么丈夫不丈夫的?"

"亲爱的，我刚才看到的就足够了。我不愿意让像约翰尼·泰勒这样的穷光蛋黑人、只会卖弄嘴皮的放肆小子拿你的身子擦脚。"

阿妈的话使珍妮在门柱旁的亲吻变得像雨后的粪堆。

"看着我，珍妮，别耷拉着脑袋坐在那里，看着你的老外婆!"感情的尖刺开始割裂她的声音,"我并不想这样来和你谈话,实情是,我多次跪着恳求主不要使我的磨难过于沉重,以致无法承受。"

"阿妈,我只不过是——我没有想做什么坏事。"

"这正是使我担心的,你没有恶意,你甚至都不知道什么东西会伤害你。我老了,不可能永远给你引路,使你不受伤害,没有危险。我要看到你马上结婚。"

"这样突如其来地让我去和谁结婚?我谁也不认识。"

"主会提供的。主知道我这辈子受过磨难。很久以前有人向我提出要娶你,我没说什么,因为那不是我给你做出的安排,我要你在学校毕业,从更高的树丛里摘一颗更甜的浆果,但是看来你不是这么想的。"

"阿妈,是谁——谁向你提出要娶我?"

"洛根·基利克斯兄弟。而且他是个好人。"

"不,阿妈,不,太太!他老在这儿转悠就是这个原因吗?他看上去就像坟地里的骷髅。"

老人直起身,把脚放在地上,推开了脸上的蓖麻叶。

"这么说你不想体体面面地结婚,是吗?你就想今天和这个、明天和那个男人搂搂抱抱亲嘴胡来,是吗?你想和你妈妈一样让我伤心,是吗?我头发还没有白到那个份上,背也还没有弯到那个份上,会让你想干什么就干什么。"

洛根·基利克斯的形象亵渎了梨树,但珍妮不知道该怎样对阿妈表达这意思。她只是弓着身子冲地板噘嘴。

"珍妮。"

"是，太太。"

"我说话时你得回答，我为你吃了这么多苦，你甭给我坐在那儿噘嘴！"

她用力扇了珍妮一记耳光，逼她抬起头来，两人目光针锋相对。她抬手要打第二下时看见了从珍妮心底涌出、停留在眼中的两滴巨大的泪珠。她看到了那极度的痛苦及为忍住不哭而紧抿的双唇。她打消了打她的念头，把珍妮脸上的浓发撩开，站在那儿伤心，充满了爱怜，在心里为她们俩流泪。

"上姥姥这儿来，亲爱的，像从前那样坐在她怀里。你的老外婆不会伤害你一根毫毛，只要有办法，也不会让别人来伤害你。亲爱的，就我所知道的，白人是一切的主宰，也许在远处海洋中的什么地方黑人在掌权，但我们没看见，不知道。白人扔下担子叫黑人男人去挑，他挑了起来，因为不挑不行，可他不挑走，把担子交给了家里的女人。就我所知，黑女人在世界上是头骡子。我一直在祈祷希望你不会有同样的遭遇。上帝啊，上帝啊，上帝啊！"

老人把姑娘搂在自己干瘪的胸前，久久地坐在那儿摇着。珍妮的长腿从椅子扶手上垂下，长长的发辫低垂在另一侧摆动着。阿妈抱着哭泣中的姑娘的头，不停气地唱着一首祈祷赞美诗，半是呜咽半是吟唱。

"上帝怜悯我们吧！这么久都没有发生，但看来总会发生的。啊，耶稣基督！怜悯我们吧，耶稣基督！我尽了一切努力了。"

最后她们俩都平静了下来。

"珍妮，你让约翰尼·泰勒吻你，有多久了？"

"就这一回，阿妈，我根本不爱他，我这么做是因为——啊，我也不知道是因为什么。"

"感谢你，我主基督。"

"我再也不这么做了，阿妈，请你不要让我嫁给基利克斯先生。"

"宝贝儿，我让你要的不是洛根·基利克斯，而是要你得到保护。亲爱的，我不是正在变老，我已经老了。不久天使就会拿着剑在某个早上在这儿停下，我不知道在哪一天、哪一个时辰，但不会很久了。在你还是我怀抱中的婴儿的时候，我请求上帝允许我在世上待到你长大成人，他已经让我活着看到了这一天，现在我每天祈祷的是让这美好时光再延续几天，好让我看到你一生有了保障。"

"阿妈，求求你让我再稍稍等一等吧。"

"你别以为我不同情你，珍妮，因为我是同情你的，就算是我自己经受了生育之苦生下你，也不会比现在更爱你了。你妈妈是我生的，可事实是我爱你大大胜过爱你妈妈。不过，你要想到你不像大多数孩子那样，你没有爸爸，也可以说没有妈妈，她对你一点好处也没有。除了我你没有别的亲人了，而我老了，头朝向坟墓了，你还不能独自生活，想到你会给逼得走投无路，是很痛苦的一件事，你流下的每一滴眼泪都从我心里挤出一杯血来。我得在死以前尽量把你安排好。"

珍妮发出了一声呜咽的叹息，老人用手轻轻拍着安慰她作为回答。

"你知道，亲爱的，我们黑人是没有根的枝丫，所以生出许多古怪的事来。特别是你。我是在农奴制度下出生的，因此我不可能实现自己关于女人应成为什么人、做什么事的梦想。这是农奴制对人的一种压制。但是没有什么东西能阻止人怀有希望，不可能把人打击得消沉到丧失意愿的地步。我不愿被人用作干活的老牛和下崽的母猪，也不愿女儿这样。事情这样发生了，这决不是我的意愿。我甚至仇恨你的出生。但我仍然说感谢上帝，我又有了一个机会。我想布道，大讲黑女人高高在上，可是没有我的讲道台。农奴解放时我怀里已抱着一个小女儿，于是我说我要拿一把扫帚和一个锅，为她在荒野中开出一条大路来。她将把我的感受说出来。但不知怎的她在大路上迷了路，等我知道时你已经来到了世界上。因此当我在夜里照料你的时候，我说我要把想说的话留给你。珍妮，我等待很久了，不过只要你像我梦想的那样在高处站住脚，我所经受的一切都算不得什么了。"

阿妈坐在那儿像摇婴儿般摇着珍妮，回忆着，回忆着。脑海中的图景引发了感情，感情又从她心底拉出了一幕幕的活剧。

"那天早上，在离萨凡纳不远的一个大种植园里，一个人骑着马跑来说谢尔曼①占领了亚特兰大。罗伯特老爷的儿子在奇卡莫加打仗死去了。于是他一把抓过枪，骑上他最好的马，和其他的白头发男人及少年一起出发去把北方佬赶回田纳西州去。

"他们都在为骑着马出征的人欢呼、哭泣、高声喊叫。我什么也看不见，因为你妈妈出生才一个星期，我还躺在床上。但是

---

① 谢尔曼（William Tecumseh Sherman, 1820—1891）：美国内战时期的著名将领。1864 年格兰特东征罗伯特·李时，谢尔曼率领三个军攻进佐治亚州，占领了亚特兰大，给南军以粉碎性打击。

不久他假装忘了东西，跑进我的木屋，最后一次让我把头发披散开来。他像平时那样把手埋在我的头发里，揪了揪我的大脚趾，便闪电般随众人走了。我听见大家向他最后高呼了一声，然后主人的宅子和农奴的住处就变得冷清和沉默起来。

"夜凉了以后女主人走进了我的门。她猛地把门推得大开，站在那里拿眼睛和整个的脸盯着我。就好像她过了一百年零一个月，一天也没在春天里生活过。她走近来俯视躺在床上的我。

"'阿妈，我来看看你的那个孩子。'

"我尽量不去感觉她脸上那股风，可是那风变得那么冷，我在被子里都快冻死了，所以我没能像我想的那样马上动作起来。但是我知道我不得不赶紧按她的吩咐去做。

"'你最好把被子从小孩身上掀开，快点！'她凶狠地对我说，'看来你不知道谁是这个种植园的女主人，夫人。不过我要让你知道知道。'

"那时我已经费力揭开了孩子的被子，她可以看见头和脸了。

"'黑鬼，你那孩子怎么会有灰眼睛黄头发？'她开始乱抽我的嘴巴。开始的那些巴掌我一点都没有感觉到，因为我正忙着给孩子盖上被子，可最后一下抽得我脸像火烧。我心里涌起种种感情，多得不知该怎么办了，所以我没哭，什么也没有干。但是她不住地问我为什么我的孩子像白人。她问了可能有二十五或三十次，就像她自己也忍不住非这么说不可。因此我对她说：'我什么也不知道，只知道干让我干的事，因为我只不过是个黑鬼和奴隶。'

"这不仅没有如我所想的让她消气，看来她气更大了。不过我想她累了，没力气了，因为她没有再打我。她走到床脚，用手绢擦着手，'我不愿意在你身上弄脏了手，但明早头一件事就是监工把你带到鞭挞柱前，把你跪着捆在柱子上，再把你背上的黄皮打个皮开肉绽。用生皮鞭在光背上抽一百下，我要让他们打得你血顺脚后跟流！我要亲自数数，要是把你打死了，损失归我。不管怎样，那个臭东西一满月我就把它远远卖掉。'

"她暴跳如雷地走了，把肃杀的严冬留给了我。我知道自己的身体还没有复原，但也不能顾及这一点了，在漆黑的夜里我尽可能地把婴儿包好，逃到河边沼泽地里。我知道那里满是有毒的水蛇和其他咬人的蛇，可我逃出来的那个地方更使我害怕。我白天黑夜都躲在沼泽地里，孩子刚要哭就给她奶吃，生怕有人听见她的哭声找到我。我不是说没有一两个朋友关心我，而且仁慈的主保佑我没被抓回去。我真不明白自己整天那样担惊受怕，孩子吃我的奶怎么会没有死。猫头鹰的叫声吓得我要死，天黑以后柏树的枝丫就开始蠕动起来，有两三次我还听见豹子在周围活动。但是我没有受到任何伤害，因为主明白是怎么回事。

"后来在一个晚上我听见大炮像雷一样轰鸣，一直响了一夜。第二天早上我看见远处有一艘船，四周一片喧嚣，于是我用青苔把利菲包好，把她牢牢放在树上，小心地向码头走去。那里的人全穿着蓝衣服，我听见人们说谢尔曼要到萨凡纳来迎接船只，我们这些农奴全都自由了。我跑回去抱起了孩子，向旁人打听了情况，找到了住的地方。

"可是过了很久南军才在里士满最后投降，那时亚特兰大的大钟敲响了，所有穿灰军服的人都得到穆尔特里去，把剑埋在地下来表示他们永远不再为奴隶制打仗了。这时我们知道我们是自由了。

"我谁也不嫁，尽管有成堆的机会，因为我不愿让人虐待我的孩子。因此我和一些好心的白人一起来到西佛罗里达这儿干活，好让利菲的路上洒满阳光。

"女主人帮我培养她，就像对你一样。到了有学校可上的时候我送她进了学校，指望她能成为一个老师。

"可是有一天她没有按时回家，我等了又等，可她一夜未归。我提了盏灯四处问人，可谁也没有看见她。第二天早上她爬了回来。看看她的样子！学校那老师把她在树林里藏了一夜，强奸了我的宝宝，天亮前跑了。

"她才十七岁，可出了这样的事！天哪！好像一切又重新出现在我眼前了。好久好久她才好了起来，到那时我们知道有了你了。生下你以后她喝上了烈性酒，常常在外面过夜，没办法能让她留在这儿或别的什么地方，天知道现在她在哪里。她没有死，因为要是死了我会感觉到的，不过有的时候我真希望她已得到安息。

"珍妮，也许我没有能力为你做多少事，可是我已经尽了最大的努力了。我拼命积攒，买下了这一小块地，为的是你不用住在白人家的后院，在学校同学面前抬不起头来。当你还小的时候这些就够了，但是在你长大能懂事以后，我要你尊重自己，我不愿意别人往你脸上泼脏水，使你永远无精打采，想到白人或黑人男人也许会把你变作他们的痰盂，我没法平静地死去。你可怜可怜我吧，珍妮，轻轻地把我放下，我是一只有了裂纹的盘子。"

3

有的年份是提出问题的年份，有的则提供答案。珍妮不曾有机会去了解事物，因此她只能去问。婚姻能结束无配偶者那无边的寂寞吗？婚姻能像太阳造成白昼那样造成爱情吗？

在她到洛根·基利克斯以及他经常被提到的六十英亩土地那儿去生活之前的几天里，珍妮翻来覆去地询问自己。她一次又一次走到梨树下琢磨着、思索着，最后从阿妈的言谈和自己的推测中为自己求得了某种安慰。是的，婚后她将爱洛根，她看不出她怎么会爱上他，但既然阿妈和老人们都这么说，想必会是这样。夫妻永远是相爱的，婚姻就意味着这一点。就是这么回事。这念头使珍妮感到高兴，因为这样一来事情就不显得那么有害、那么糟腐了。她不会再感到寂寞。

一个星期六的晚上珍妮和洛根在阿妈的客厅里结了婚，有三个蛋糕、大盘大盘的炸兔肉和鸡。吃的东西丰富得很，由阿妈和沃什伯恩太太照料。但是没有人往洛根的车座上放东西使他们风风光光地回家。这是一个孤独的地方，像一个从来没有人去过的树林中央的一个树桩。房子里也没有任何情趣。不过珍妮还是走了进去，等待着爱情的开始。新月三度升起落下，她心里开始苦恼，于是她在做糕点的那天到沃什伯恩太太家去找阿妈。

阿妈高兴得满脸是笑，让她走到面板跟前好吻她。

"仁慈的上帝，亲爱的，看见我的孩子我可真高兴！进屋子里去让沃什伯恩太太知道你来了。嗨，嗨，嗨！你那丈夫好吗？"

珍妮没有到沃什伯恩太太那儿去，也没说什么能和阿妈的高兴劲儿相称的话。她只是一屁股跌坐在一张椅子上，再不动弹。阿妈忙着做糕点，得意得眉飞色舞，一时什么也没有注意到。过了一会儿，她发现只有她自己在说话，于是便抬起头来看看珍妮。

"怎么啦，心肝？你今天早晨一点精神都没有。"

"啊，没什么，我来问你点事。"

老妇人显得很吃惊，然后大声笑了起来，"可别告诉我你已经怀上孕了，我看看，到星期六就是两个月零两个星期了。"

"没有，反正我觉得没有。"珍妮脸微微发红。

"这没有什么可害羞的，亲爱的，你是个结了婚的女人，和沃什伯恩太太或者别的人一样有合法的丈夫！"

"我没怀孕，我知道没有。"

"你和洛根闹别扭了？天哪，我知道那个满肚子草料、肝火旺盛的黑鬼已经打了我的宝贝！我要拿根棍子打得他流口水！"

"没，他连说都没说过要打我，他说他永远不打算恶意地用手碰一碰我。他觉得我需要多少劈柴就给我劈多少，然后都给我抱到厨房里头来。两个水桶总是满满的。"

"哼，别指望这些能坚持多久。当他这样对待你的时候，他不是在吻你的嘴，而是在吻你的脚，而吻脚不是男人的本性。吻嘴是平等的，因此是自然的，而当他们得屈身求爱时，他们很快就会直立起来的。"

"是的。"

"好吧，既然他待你这样，你为什么到我这儿来，脸拉得和我的胳膊一样长？"

"因为你告诉过我我会爱上他的，可是我没有。也许如果有人告诉我该怎么办，我能做得到。"

"大忙的日子你满嘴傻话跑到这里来，你有了一个一辈子可以依靠的靠山，这么大的保护，人人都得向你脱帽打招呼，叫你基利克斯太太，可你却跑来和我翻扯什么爱情。"

"可是阿妈，我有的时候也想要他，我不愿意总是他要我。"

"如果你没想要他，你就应该要。城里黑人中间只有你的客厅里有风琴，有一所买下来付清款的房子和紧靠大路的六十英亩土地，还有……上帝保佑！把咱们黑人妇女勾住的就是这个东西，这个爱情！就是它使咱们又拉又拽汗流浃背，从天没亮一直干到天黑。所以老人们说当个傻瓜不会要你的命，只不过让你出汗而已。我看你是想要个打扮得漂漂亮亮的花花公子，每次过马路时都得看看自己的皮鞋底会不会磨穿。你的钱足够买卖他们这种人的，事实上，你能买下他们后把他们送人。"

"我根本没在考虑这种人，可是我也没有把那片地放在心上。我可以每天把十英亩地扔到篱笆外面，都不会回头望一眼它们落到了哪里。对基利克斯先生我也有同样的感觉。有的人永远不招人爱，他就是其中的一个。"

"为什么？"

"因为我讨厌他脑袋那么长，两边又那么扁，还有脖子后面的一堆肥肉。"

"他的脑袋又不是他自己做的，你净说傻话。"

"我不管是谁做的，我不喜欢那活计。他肚子也太大，脚趾甲像骡蹄子。天天晚上上床前连脚都不洗。他根本没有理由不洗，因为我把水给他都打好了。我情愿挨小钉子扎，也不愿意他睡在床上时翻身搅动空气。他甚至从来不提美好的事物。"

她开始哭了起来。

"我希望结婚给我甜蜜的东西，就像坐在梨树下遐想时那样。我……"

"你哭也没有用，珍妮，姥姥自己也走过不少条路，不过人就是要为这事那事哭的，最好还是听其自然吧。你年纪还轻，谁也不知道你死以前会发生些什么事，等等看吧，宝贝，你会改变主意的。"

阿妈神情严厉地把珍妮打发走了，但那天剩下的时间她干活越来越没精神。当她回到自己的小屋子里、不受打搅的时候，她跪了那么久，连她自己都忘了自己是跪着的了。她内心中有一个小湾，在那儿听到的声音和看到的景象形成了思想，语言又围着思想打转。可是思想的深处有着语言未能触及的地方，而在更深的地方还有思想尚未触及的未定形的感情的深渊。阿妈跪在衰老的双膝上再次进入到无限的可以感知的痛苦之中。到天快亮时她低声说道："上帝啊，你知道我的心，我已经做了能做的一切，其余的就在你了。"她艰难地拖起身子，沉重地倒在了床上。一个月以后她就死去了。

于是珍妮等过了一个开花的季节，一个茂绿的季节和一个橙红的季节。但当花粉再度把太阳镀成金色，并洒落到世间的时候，她开始在门外伫立，满怀期待。期待什么？她也不十分清楚。她气短，喘粗气。她知道一些人们从来没有告诉过她的事情，譬如树木和风的语言。她常常和掉落的籽粒说话，她说："我希望你落在柔软的土地上。"因为她听到过籽粒在落下时对彼此这样说。她知道世界是在苍天这块蓝色的草场上转动的公马。她知道上帝每晚都把旧的世界摧毁，在天亮时建起一个新的世界。看着这个新的世界随着太阳的升起形成，从它灰色的尘雾中脱颖而出，实在是太美妙了。熟悉的人和事使她失望，因此她在门外徘徊，向大路的远方望去。现在她明白了，婚姻并不能造成爱情。珍妮的第一个梦消亡了，她成了一个妇人。

4

连一年都不到，珍妮就发现丈夫不再用诗一样好听的语言和她说话了。他不再惊叹她长长的黑发，不再抚弄它。六个月之前他对她说："要是我能把劈柴运到院子里给你劈好，你也应该能把它们抱进厨房来。我第一个老婆从来没有要我劈过柴，她总是一把抓过斧子，像个男人一样劈得碎木片四飞。你真是给惯坏了。"

于是珍妮对他说："你不依不饶，我也和你一样，你要是能坚持不劈柴、不把柴抱进来，我猜你没饭吃也能挺得住。请你原谅我这样说，基利克斯先生，不过我一根柴都不打算去劈。"

"啊，你知道我会给你劈柴的，即使你对我要多刻薄有多刻薄。你姥姥和我已经把你惯坏了，看来我不得不继续惯下去了。"

不久的一个早晨，他把她从厨房叫到粮仓去，他已经把骡子套上鞍拴在大门口了。

"我说，小不点，帮我干点活，把土豆种给我切开。我得出去办点事。"

"上哪儿去？"

"到湖城去为买骡子的事找一个人。"

"你要两头骡子干吗？除非你打算换掉这一头。"

"不，今年我需要两头骡子，秋天土豆就值钱了，能带来大价钱。我打算用两张犁，我要去找的这个人有一头驯好的骡子，连女人都能使唤。"

洛根嘴里含着一团烟叶一动不动，像测量他感情的温度表。他观察着珍妮的脸，等她开口。

"所以我想不如去看一看。"他加了一句，咽口唾沫来打发时间。但珍妮只是说："我会给你把土豆切好的。你什么时候回来?"

"说不准，大概天黑前后，路不近，特别是如果我回来的时候还要牵一头牲口的话。"

珍妮把屋子里的活干完了以后，便到粮仓里坐下切土豆。但春天来到了她心头，因此她把东西全搬到院子里一个能看得见大路的地方。中午的太阳漏过大栎树的树叶洒到她坐的地方，在地上画出了花边状的图形。她在那儿坐了很久，突然她听到路上传来口哨声。

这是一个城里人打扮、穿着入时的男人，帽子斜斜地戴着，这一带人是不会这样戴的。他的大衣搭在胳膊上，不过他并不需要一件大衣来显示他的穿着。衬衫配着那绸袖箍就够使人看花眼的了。他吹着口哨，擦擦脸上的汗，胸有成竹地走着。他肤色深褐，像海豹皮色，可他的举止在珍妮眼里就像沃什伯恩先生或那一类人。这样的一个人会是什么地方来的，又到什么地方去? 他没有朝她这边看，也没朝别的地方看，他只是看着前方。于是珍妮跑到水泵旁，泵水时拼命猛推手把，这样一来发出了很大的声响，同时也使她满头浓发垂了下来。于是他停下脚步使劲看她，然后问她要口清凉的水喝。

珍妮继续泵着水，直到好好看清楚了这个男人才住手。他一面喝水一面友好地聊着。

他的名字叫乔·斯塔克斯，是的，从乔基来的乔·斯塔克斯。他一直都是给白人干活，存下了点钱——有三百块钱左右，是的，没错，就在他口袋里。不断地听别人说他们在佛罗里达这儿建一个新州，他有点想去。不过在老地方他钱挣得不少。可是听说他们在建立一个黑人城，他明白这才是他想去的地方。他一直想成为一个能说了算的人，可在他老家那儿什么都是白人说了算，别处也一样，只有黑人自己正在建设的这个地方不这样。本来就应该这样，建成一切的人就该主宰一切。如果黑人想得意得意，那就让他们也去建设点什么吧。他很高兴自己已经把钱积攒好了，他打算在城市尚在婴儿期的时候到那儿去，他打算大宗买进。他的愿望一直是成为能说了算的人，可是他不得不活上快三十年才找到一个机会。珍妮的爹妈在哪儿？

"我猜他们死了，我对他们一无所知，因为是姥姥把我养大的。她也死了。"

"她也死了！那么谁在照顾你这样一个小姑娘呢？"

"我结婚了。"

"你结婚了？你应该还在吃着奶呢。我敢打赌你还想吃糖奶头呢，是不是？"

"是的，我想吃的时候就自己做糖奶头嗫。也爱喝糖水。"

"我自己也爱喝甜水。多老也不会不爱喝冰凉的糖浆水。"

"我粮仓里有好多糖浆，甘蔗糖浆，你要是想——"

"你丈夫呢，嗯，小姐？"

"结婚以后我的名字是珍妮·梅·基利克斯，原来叫珍妮·梅·克劳弗德。我丈夫去买骡子了，好让我犁地，他留下我切土豆种。"

"你驾犁！你根本不该和犁打交道，就跟猪不该度假一样！你也不该切土豆种。像你这么漂亮的小娃娃天生就该坐在前廊上的摇椅里，扇扇扇子，吃别人特地给你种的土豆。"

珍妮大笑，从木桶里舀出两夸脱糖浆，乔·斯塔克斯压满一水桶清凉的水。他们坐在树下聊着。他正往南到佛罗里达的新区去，可是停下来聊聊没坏处。后来他觉得自己反正需要歇一歇，歇上一两个星期对他有好处。

此后他们每天都设法在大路对面栎木丛中相会，谈论着当他成为大人物时她坐享其成的日子。珍妮久久拿不定主意，因为他并不代表日出、花粉和开满鲜花的树木，但他渴望遥远的地平线，渴望改变与机遇。然而她仍踌躇着。对阿妈的记忆仍然十分强烈、有力。

"珍妮，如果你以为我的目的是引诱你跟我走了以后把你当一条狗对待，你就错了。我要你做我的妻子。"

"你这是真心的，乔?"

"从你答应和我结婚的那天起，我就一天也不会让咱们俩分开。我是一个有原则的人，你还从来不知道受到贵妇人般的对待是什么滋味，我要让你体会到这一点。像你有的时候那样叫我乔迪吧。"

"乔迪，"她向他微笑着，"可是如果——"

"让我来操心'如果'以及别的一切吧，明天早上太阳出来后不久，我在这条大路那头等你。你来跟我走，以后你一辈子都可以过你应该过的日子。吻吻我，摇摇头，你摇头的时候，满头浓发像天一下子亮了一样。"

当晚，珍妮躺在床上掂量着这件事。

"洛根，你睡着了吗？"

"我要是睡着了，你这一叫也把我叫醒了。"

"我正苦苦想着咱们的事呢，关于你和我的事。"

"是该想想了，从各方面考虑，有的时候你在这里主意也太大了。"

"考虑到什么，比方说？"

"考虑到你是在一个没顶的马车里出生的，你和你妈妈都是在白人的后院里出生和长大的。"

"你求阿妈要我嫁给你的时候可没说这些。"

"我以为对你好你会领情的，我以为能娶你，就能把你变成个像样的人。从你的所作所为来看，你以为自己是个白人吧。"

"要是我有一天会离开你逃跑呢？"

瞧，珍妮说出了他压抑在心中的恐惧。她很可能会逃跑的。这个念头使他身上产生了巨大的痛楚，但是他想最好还是一笑置之。

"我困了，珍妮，咱们别再谈了。没有多少男人会相信你的，他们了解你们家的人。"

"我可能会找到一个相信我的人，和他一起离开你。"

"呸！不会再有像我这样的傻瓜了。好多男人会对你笑，可他们不会去干活养活你，你走不远，也走不长，肚子就会伸出手来抓住脑子，你就会巴不得能回到这儿来。"

"除了咸猪肉和玉米面包，你眼睛里没有别的东西。"

"我困了，不想拿假如怎样把自己的肚肠愁得细成琴弦。"痛苦使他怀恨，他翻转身去假装睡着，她伤害了他，他希望自己使她也受到了伤害。

珍妮第二天早上和他同时起床，早饭只准备了一半他就在粮仓里吼了起来。

"珍妮，"洛根刺耳地喊道，"来帮我赶在太阳毒起来之前把这堆粪运走。你对这个地方一点也不关心，你整天在厨房里磨磨蹭蹭，有什么用。"

珍妮手里拿着平底锅，搅着玉米面团，走到门口向粮仓望去。潜伏中的太阳以鲜红的匕首威胁着世界，但粮仓四周的阴影是灰色的，看上去挺实在。手拿铁锹的洛根活像只用后腿站着正笨拙地跳舞的黑熊。

"你那儿用不着我帮忙，洛根，你干的是你的活，我干的是我的活。"

"没有专门是你干的活，我要你干什么就得干什么。赶快，快着点。"

"我妈妈没告诉过我我是急急忙忙地生下来的，现在我为什么要赶快？反正你也不是为了这个在生气，你生气是因为我没因为你有那六十英亩地而卑躬屈膝。你和我结婚并没有抬举我，你要是觉得是抬举我了，我并不感激你。你生气是因为我对你说的这些话你自己心里早就明白。"

洛根扔下铁锹，朝屋子笨拙地走了两三步，又突然停住了。

"你今天早上少跟我顶嘴，珍妮，不然我要揍你一顿。我这是等于把你从白人的厨房里救了出来。让你体体面面地待在这儿，可是你却小看我！我要拿那把斧子进去劈了你！你最好还是住嘴！对你们家的人来说，我太老实、太苦累了，就是因为这你才不要我！"最后一句话是半抽泣半喊着说出来的，"我猜有哪个下流黑鬼在朝着你笑，满嘴瞎话骗你，你这该死的不要脸的！"

珍妮没有搭腔，从门旁转过身去，不知怎的就在房子中央一动不动地站住了。她就这样站在那儿，不顺心的事翻腾出来，在心里体会着自己的感觉。震动平息些以后，她好好地把洛根的话想了想，并且把它和她听到看到过的其他东西放在了一起。然后她把玉米面团往长柄平锅里一放，用手压平。她甚至不觉得生气。洛根因为她的妈妈、她的姥姥和她的感情而指责她，而这些是她无法改变的。锅里的咸肉该翻翻了，她把肉翻转推回锅里。咖啡壶里要加一点点冷水好沉淀。她用盘子把玉米饼翻过来，出声地笑了一下。她为什么要损失这么多的时间？突如其来的新鲜感和变化感向她袭来。珍妮急急走出大门转身向南。即使乔没有在那儿等着她，这一变化也必定会对她有好处。

早晨大路上的空气像件新衣服，这使她感觉到了系在腰间的围裙。她解开围裙，扔在路边矮树丛上继续往前走，一面摘下花朵做成一个花束。后来她来到乔·斯塔克斯和一辆雇来的马车等着她的地方。他十分严肃，扶她上马车坐在自己旁边的座位上。有他在那里，就像坐在高高的统治者的宝座上。从现在起直到死去，她的一切将洒满花粉与春光。她的花上会有一只蜜蜂。她从前的想法又触手可及了，但还得创造和使用适合于它的新的字眼。

"绿湾泉。"他对车夫说。像乔说过的那样，日落以前他们在那里结了婚，穿的是丝绸和羊毛的新衣服。

他们坐在公寓的门廊上，看着太阳落入大地的裂缝中，黑夜也是从这同一条裂缝中诞生的。

5

第二天在火车上，乔没有用诗一样动听的语言说许多话，但是他把小贩所有的最好的东西买来给她，如苹果和装满糖果的玻璃提灯。他说的大都是到了那个城市以后的计划。那里肯定会需要像他这样的人。珍妮对着他看了又看，对看到的一切感到十分骄傲。他像有钱的白人那样有点发胖，陌生的火车、人群和地方一点也不使他害怕。他们在梅特兰下了火车后，他马上就找到了一辆二轮轻便马车把他们拉到黑人城去。

他们在午后到了那里，时间还早，因此乔说他们一定要到处走走看看。他们手挽着手从小城的一头溜达到另一头，乔注意到只不过十来所不起眼的房子散布在矮棕榈树根间的沙地上，他说："上帝呀，他们把这叫作城市？哎呀，这只不过是树林里的一个荒莽去处。"

"这比我想的要小得太多了。"珍妮公开表示了自己的失望。

"就像我想的那样，"乔说，"一大堆空话，没人干一点实事。啊，上帝，市长在哪里？"他问一个人，"我想和市长谈谈。"

肩膀斜靠着一棵巨大的栎树而坐的两个人，听到他说话的口气几乎坐直了起来。他们瞪眼望着乔的脸、他的衣服和他的妻子。

"你们俩急匆匆地这是打哪儿来呀？"李·柯克问道。

"从中乔基来的，"斯塔克斯轻快地回答道，"我的名字是乔·斯塔克斯，从乔基来的。"

"你和你的女儿打算和我们一起干吗？"另一个斜靠着的人问道，"很高兴你们来，我叫希克斯，阿莫士·希克斯先生，南卡罗来纳州布福特人，自由、未婚、无牵无挂。"

"啊，上帝，我可还没到有成年女儿的岁数，她是我的妻子"。

希克斯重又倒下身去，立刻对他们失去了兴趣。

"市长在哪里？"斯塔克斯又问，"我想和他谈谈。"

"你性急了一点，"柯克对他说，"我们还没有市长呢。"

"没有市长！嗯，那谁告诉大家该干什么呢？"

"没人。大家都是成年人了。不过我猜我们根本没有想到这一点，我知道反正我是没想到。"

"有一天我倒是想到了，"希克斯梦呓般地说，"可后来我就忘了，从那以后没有再想到过。"

"怪不得没什么变化，"乔评论道，"我要在这里买进产业，大量买进。等我一找好过夜的地方，咱们男人就得把大家叫到一起成立一个委员会。那样一来就可以开始干了。"

"我可以指给你一个过夜的地方，"希克斯说，"有一个人房子盖好了，老婆还没有来。"

斯塔克斯和珍妮朝他们指的方向走去，希克斯和柯克的眼光几乎在他们的后背上穿了个窟窿。

"那人说起话来像个工头，"柯克评论道，"他真够咄咄逼人的。"

"呸!"希克斯说,"我也和他一样穿的是长裤。不过他那老婆真不赖,我要是不去乔基给自己弄一个和她一样的老婆,那才是婊子养的呢。"

"拿什么去弄个老婆?"

"拿大话,老兄。"

"养个漂亮女人得有钱,她们不缺对她们说大话的人。"

"我的女人不会,她们爱听我讲,因为她们听不懂。我的情话太深奥了,意思太多了。"

"哼!"

"你不信我的话,是不是?你不认识那些我能搞到手的听我话的女人。"

"哼!"

"我出去找乐子、给人乐子的时候,你从来没有见到过我。"

"哼!"

"她遇到我以前他就娶了她,算他走运。我要是起了念头,就不是个好对付的人。"

"哼!"

"我在女人面前是她们的心肝宝贝。"

"与其嘴上说不如做给我看看。走吧,咱们去看看他打算把这个城市怎么办。"

他们站起身来逛荡到斯塔克斯眼下住的地方。城里的人已经发现了新来者,乔正在门廊上和一群男人说话。穿过卧室的窗子可以看见珍妮正在安顿下来。乔已把房子租下一个月。男人们围在他四周,他在问他们问题。

"这地方真正的名字是什么?"

"有人说叫西梅特兰,有人说叫伊顿维尔,因为伊顿上尉和劳伦斯先生一起给了我们点地,而第一块地是伊顿上尉给的。"

"给了多少地?"

"大概五十英亩。"

"你们大伙儿有多少地?"

"差不多就这些。"

"太少了,和你们的地连着的地是谁的?"

"伊顿上尉的。"

"这位伊顿上尉在哪里?"

"就在梅特兰,他要是没出门就在那里。"

"等我和我妻子说句话,然后我就去找他。没有地就不可能建城市。你们这么小一点地方,连骂声猫都没法不弄上一嘴毛。"

"他没有地可以白送了,你想要地得有好多钱。"

"我本来就打算花钱买的。"

他们觉得这想法很滑稽,很想笑。他们使劲忍着,但从他们的眼睛里迸出、嘴角边露出的表示怀疑的笑意已足够向任何人表明他们的想法了。因此乔突然走了开去。大多数人跟他一块儿去了,好给他指路,同时也好亲眼看着他的虚张声势被揭穿。

希克斯没有走多远。一等到他觉得自己从人群中溜走不会被发现时,便回转身子走上了门廊。

"晚安,斯塔克斯太太。"

"晚安。"

"你估计会喜欢这儿吗?"

"会的。"

"要是有什么事我能帮一把，你叫一声就是了。"

"谢谢你。"

一阵长久的沉默。珍妮并没有像她应该做的那样急切地抓住这个机会，看上去她好像几乎不知道他在场。需要挑逗挑逗她。

"你们老家那边大家一定都不爱说话。"

"对啊，不过在你们家一定不这样。"

他想了好久，最后明白了，粗暴地说了声再见就跌跌绊绊地走下了台阶。

"再见。"

当晚柯克问起他这件事。

"我看见你溜回斯塔克斯家去的，怎么样，进展如何?"

"谁? 我吗? 老兄，我根本没到那儿去。我到湖边抓鱼去了。"

"呸!"

"你看第二眼时就发现那个女人不那么漂亮。我回来的路上得经过那房子，好好看了看她。除了那头长发，她没什么特别的地方。"

"呸!"

"而且反正我挺喜欢那男人，不会去伤害他。她还不及我撇下在南卡罗来纳州的那个姑娘一半那么漂亮。"

"希克斯，要是我不了解你，一定会生气，说你在撒谎。你这样讲只不过是用话在自我安慰。你挺有意，可是脑子太迟钝了。一大堆男人和你一样看到了这女人，可他们比你有判断力。

你应该知道你无法把这样的一个女人从这样的一个男人身边弄走。一个可以站起身来一举就用现款买下二百英亩土地的男人。"

"啊，不会，他一定没有买吧?"

"当然买了。口袋里装着地契走的。他明天要在他家门廊上召集一个会。我这辈子还没看见过这样的黑人呢。他要开个商店，还要政府在这里设个邮局。"

这使希克斯很不高兴，他也不知道是为什么。他只是一个平常人，他习惯了这个世界上的某种方式，而突然变了样子，这使他苦恼。黑人在邮局里工作，这点他一时还接受不了。他大声笑了起来。

"你们都让那个盲流黑子随口瞎扯谎!黑人坐在邮局里!"他发出一种下流的声音。

"他准会这么干的，希克斯，反正我希望是这样。咱们黑人太爱互相妒忌了，所以我们老是像现在这样没法前进。咱们老说是白人压着我们!呸!他们根本用不着这么做，咱们自己把自己压住了。"

"谁说我不愿意那人给咱们搞个邮局?他当耶路撒冷王也不干我的事。不过因为许多人不明就里，便对他们撒谎，这是无济于事的。你们的常识应该告诉你们白人是不会允许他去开办邮局的。"

"这一点我们可不敢说，希克斯，他说他做得到，我相信他不是随口说说的。我琢磨要是黑人有了自己的城市，他们就可以有邮局和他们想要的一切，不管是什么。而且我估计，白人离得大老远的，才不会管这些呢。咱们等着瞧吧。"

"啊，我等着呢，没错。我琢磨得等到地狱结冰。"

"咳，死心吧，那个女人不想要你。你得明白世界上的女人不都是在松节油提炼厂或锯木场的小房里长大的。有些女人不是你应该去拿叉子叉的，你用鱼肉三明治搞不到她。"

他们又争论了片刻之后就去了乔住的地方，看见他没穿外衣，两条腿大叉开站着，抽着雪茄问人问题。

"最近的锯木厂在哪儿？"他在问托尼·泰勒。

"往亚波布卡方向七英里左右。"托尼说，"打算马上就盖房子吗？"

"老天，是的，不过不是我自己要住的房子，那要等我拿定主意想盖在什么地方以后再说。我琢磨咱们急需一个商店。"

"商店？"托尼吃惊地大声叫道。

"不错，就在这城里开一家商店，你们所需的东西一应俱全。能就地买到的话，你们干吗还要跋涉到梅特兰去买那么点玉米粉和面粉？"

"斯塔克斯兄弟，你这么一说，还真不错。"

"老天，当然不错！而且商店还有别的好处。有人来买地的时候我得有一个办事的地方，再说，什么都得有个中心，有个心脏，城市也一样。商店做城里人的聚会处再自然不过了。"

"这话有理。"

"啊，我们很快就会把这个城搞得像模像样的。别误了明天的会。"

就在第二天委员会该在他家门廊上开会的时候，第一车木料运到了，乔迪跟车去告诉他们卸料的地方。他让珍妮把委员会的人留住，等他回来。他不愿意错过他们，可他决意在木料卸下前点清数目。他这些话都白说了，珍妮也白耽误手里的活了。首先，人人都来晚了，然后当他们一听说乔迪在什么地方，就停也不停地去到那里。新木材正快速地往下卸着，堆在那株大栎树下。结果会就在那儿开了，托尼·泰勒充当主席，乔迪一个人滔滔不绝地发言。他们定下了一个日子来修路，大家都同意自带斧子和类似工具砍开两条通向不同方向的路。除了柯克和托尼人人都要去修路，这两个人会木匠活，因此乔迪雇他们第二天一大早就去盖商店。乔迪自己则将忙于赶着车一个个城市去宣传伊顿维尔，招揽老百姓搬到那儿去。

看到乔迪花在买地上的钱这么快就赚了回来，珍妮感到很惊讶。六个星期之内就有十家人买下地皮搬到城里。一切发生得太快，规模太大，她都跟不上了。商店房顶还没有完全盖好，乔迪进的罐头已经堆在地上，卖得快到他都没时间出去巡回演讲了。商店完工的那一天，珍妮第一次尝到了主持店子的滋味。乔迪让她打扮起来，整个晚上都站在店铺里，大家都穿戴整齐了前来，他不打算让任何人的妻子能比过她。她必须把自己看作系着铃的带队牛，别的女人则是跟着的牛群。因此她穿上了一件买来的衣服，一身暗红色打扮，沿新开出的大路向商店走去，丝绸的衣裙褶边窸窣作响。别的女人穿着精织薄纱或印花布的衣服，年纪较大的偶尔还有系头巾的。

那天晚上没有人买东西，他们不是来买东西的。他们是来表示祝贺的，因此乔打开了一大桶苏打饼干，切了一些干酪。

"大家都来乐一乐，老天，我请客。"乔迪呵呵大笑着，退到了一边。珍妮按他嘱咐的那样舀出柠檬汽水，每人满满一白铁杯。喝完后，托尼·泰勒觉得非常惬意，开始发起言来。

"女士们，先生们，我们聚集在这里欢迎一位弟兄来到我们中间，他决意与我们同甘共苦，不仅自己来此，还决意把他的，嗯，嗯，把他家庭的光明，也就是说他的妻子带到我们中间来。就算她是英国女王，也不会比现在这样子更漂亮更高贵了。她到这儿来和我们在一起，是我们的快乐。斯塔克斯兄弟，我们欢迎你和你认为应该带来的一切——你亲爱的妻子，你的商店，你的土地——"

一阵开怀大笑打断了他的话。

"行了，托尼，"利奇·莫斯大声说道，"斯塔克斯先生是个能干的人，这一点我们都承认，不过他肩膀上扛着二百英亩土地摇摇摆摆从路上走来的那一天，我得在场看看。"

又一阵大笑。托尼一辈子唯一的演说被这样破坏了，心中有些恼怒。

"你们都明白我的意思，我不明白怎么——"

"因为你跳起身来演讲可又不会讲。"利奇说。

"你没打岔的时候我说得好好的。"

"不对，托尼，你出了格了。你要欢迎夫妻俩，就不能不拿以撒和利百加在井边相遇的事①做比较，要不然就表示不出他们俩之间的爱情。"

---

① 典出《圣经·创世记》。亚伯拉罕派出使者为他的儿子以撒往迦南地物色女子为妻。使者在拿鹤的城外水井边，遇见利百加肩头上扛着水瓶出来，使者向利百加求水。后以撒遂娶利百加为妻。

大家都同意这个说法，托尼不知道演讲非得说这个不可，有点遗憾。有的人窃笑他的无知。因此托尼气恼地说："要是你们瞎打岔的人都插完嘴了，咱们就请斯塔克斯兄弟致答辞。"

这样，乔·斯塔克斯叼着他的雪茄烟到了房间中央。

"我感谢大家对我的热情欢迎和向我伸出的友谊之手。我看得出这个城市充满了团结友爱。我决意在这里开始工作，竭尽全力使我们这个城市成为州里的大都会。因此怕你们万一不知道，我最好还是告诉你们，如果我们想做出成绩，就得和别的城市一样组织起来，如果想办事，按正确的路子办事，咱们就得组织起来，得有一个市长。我，同时代表我妻子，欢迎大家到商店来，欢迎你们享用将会有的其他一切东西。阿门。"

托尼带头，大家大声鼓掌，掌声停下时他站在了房子中间。

"弟兄们，姐妹们，既然没有别的更合适的人选了，我提议选斯塔克斯兄弟当市长。"

"附议！！！"众人七嘴八舌同时说了起来，因此就没有必要表决了。

"现在，让我们请斯塔克斯市长夫人讲几句鼓励的话。"

热烈的掌声被乔本人的发言打断了。

"感谢大家的夸奖，不过我的妻子不会演讲。我不是因为这个娶她的。她是个女人，她的位置在家庭里。"

片刻停顿以后珍妮脸上做出了笑容，但很勉强。她从来没有想到要演讲，而且觉得根本不会愿意去讲。但是乔不给她任何机会作答就讲了以上的话，这使一切都黯然失色。总之，那天夜里她跟在他身后走在路上时觉得很冷。他带着新的尊严大步走着，出声地思考着计划着，丝毫没有意识到她的思绪。

"这样一个城市的市长不可能老待在家里。城市需要建设起来。珍妮，我找一个人到店里来帮忙，在我着手干别的事情时，你可以照料店铺。"

"啊，乔迪，你要是不在，我一个人干不来商店的事。也许忙的时候我可以帮你一把，可是——"

"老天，我不明白你为什么干不来，只要有一点点的脑子就行。你也非干不可，我作为市长手头事情太多，这个城市现在正需要引路之光。"

"嗯哈，这儿确实有点黑暗。"

"当然很黑，不能在黑地里在这些树墩子树根上磕磕绊绊的。我马上就召集个会，商量树根和路上黑的事，第一件要处理的事就是这个。"

第二天他自己掏腰包派人到西尔斯－罗巴克公司买路灯，通知市民星期四晚上开会表决此事。从来没有人想到过路灯的事，有的人还说这想法没用，他们甚至投了反对票。不过多数人还是支持的。

可是灯买来以后城里所有人都得意起来，因为市长并不只是把它从板条箱中取出往根柱子上一装便了事。他打开包装，让人仔细把灯擦干净，放在陈列橱中展览了一个星期供大家看，然后他定下举行点灯仪式的时间，并传话让奥兰治县的人都来参加。他派人到沼泽地去砍最好最直的丝柏做灯柱，并不断打发他们重新去找，直到找来一根令他满意的为止。他事先已经和市民谈过了这种场合下的招待问题。

"你们都知道，我们不能把别人请到我们城里来又怠慢人家。老天，不能这样。咱们得给他们东西吃，人们最爱吃烧烤全牲了，我自己拿出一整只猪来，看来你们大家应该能再凑出两只来，让你们的女人再做些馅饼、蛋糕和白薯糕。"

那天就是这么办的。女人准备好甜食，男人负责烤肉。点灯式的前一天，他们在商店后面挖了一个大坑，里面填满栎木块，然后把木块烧成一层红炭火，他们花了一整夜才把三只猪烧烤好。汉波和皮尔逊总负责，别的人在汉波往肉上涂浇汁的时候帮忙翻个儿。在不翻肉的时候他们就讲故事，大笑，再讲故事，唱歌。他们开各种各样的玩笑；在调料渗到肉骨头里、肉慢慢烤好时，他们吸着鼻子闻肉香。年轻的男子们临时把木板钉在锯台上，好给女人们当桌子用。这时太阳已经出来了，没事的人就回家休息了，准备参加盛宴。

到午后五点钟，城里满是各式各样的车辆，挤满了人。这些人都想亲眼看到在黄昏时点燃那盏灯。快到时间了，乔把街上所有的人都集中到商店前，发表了一通演讲。

"乡亲们，太阳正在下山，早上造物主再让它升起，晚上造物主让太阳睡觉休息。我们这些可怜的无能的人类无法催它快些升起或让它慢些落下。如果我们在太阳落山以后或升起以前想要点亮光的话，我们只能自己制造。所以才造出了灯。今晚我们都聚集在这儿来点一盏灯，我们到死都将记得这一时刻，这是黑人城的第一盏街灯，张大眼睛看着它，当我把火柴放到灯芯上时，让那光一直进入你们的心灵，让它发光，让它发光，让它发光。戴维斯兄弟，领我们祈祷吧，让我们用最特殊的方式为这个城市祈求祝福。"

当戴维斯加上自己的创造吟诵着一首传统的祈祷诗时，乔登上了专门放在那儿的一个木箱，打开了黄铜灯门，当人们齐诵"阿门"时，他用划着了的火柴点燃了灯芯，这时波格尔太太用女低音唱了起来：

> 我们将在灯光下行走，那美丽的灯光
> 来到我主仁慈的露珠明亮闪耀的地方
> 在我们周围日夜闪耀
> 基督，世界之光。

所有在场的人都接着唱了起来，他们一遍又一遍地唱着，直到再也想不出什么新花样的音调和节拍时才停下。然后大家不再出声，吃起烤肉来。

那天晚上一切结束以后，乔迪在床上睡下，问珍妮道："怎么样，心肝？喜欢当市长太太吗？"

"我看还行，不过你不觉得这使我们有点太紧张了吗?"

"紧张？你是指准备吃的和照顾大家吃饭?"

"不是，乔迪，只不过这使我们有时相处不很自然。你老是出去商量事、处理事，我觉得自己只在原地踏步。希望一切很快就能过去。"

"过去，珍妮？老天，我还没好好开始干呢。我刚一开始就对你说了我的目标是当个能说了算的人。你应该高兴才对，因为这会使你成为一个重要的女人。"

一阵冰冷和恐惧的感觉攫住了她。她觉得远远地脱离了一切,十分孤寂。

很快珍妮就开始感觉到了人们的敬畏和羡慕在她感情上造成的冲击。市长的妻子不像她想的那样只不过是个一般的女人。她和权威人物一起睡觉,因而在市民眼中她就是权威的一部分。她和大多数人精神上只能接近到一定地步。特别是在乔强行在城里挖了一条沟好为商店门前的街道排水后,这一点就更为明显了。他们愤怒地叽咕说农奴制结束了,可是人人还得完成派给的活。

在乔·斯塔克斯身上有着什么东西让市民们惧怕。这不是由于肉体的恐惧,乔不是个爱打架的人,作为男人,他的身量甚至算不上魁伟。也不是因为他比别人文化高。是别的什么东西使男人们在他面前让步。他脸上有种命令你屈服的神情,而他走的每一步都使这变得更为实在。

比方说他那所新房子。两层楼,带回廊,还有栏杆之类的东西。城里别的房子看上去全像"宅院"四周的仆人住处。而且他和别人不一样,房子内外不全部刷好漆他不搬进去。再看看房子是怎么漆的吧:漆成扬扬得意的光闪闪的白色,那种炫耀的白颜色,威普尔主教、杰克逊和范德普尔家的房子才有的白色。这使得村子里的人和他谈话时觉得挺不自在——好像他和大家不一样了似的。还有痰盂的事。他刚刚作为市长——邮局局长——地产主——店主安顿下来,就马上和梅特兰的希尔先生或盖洛威先生一样买了张办公桌,还带一把转椅。他在那儿咬着雪茄烟,不发议论时就一声不吭,加上椅子转来转去,让人心里发虚。他还往那只金闪闪的花瓶里吐痰，这样的东西换上别人会高高兴兴地放在前厅的桌子上。他说那是只痰盂，他从前的老板在亚特兰大银行里就有这么个痰盂，用不着每次想吐痰都得站起身来走到门口去，也不吐在地上，那个金色的痰盂就在旁边。但乔比他从前的老板更进了一步，他买了个女人用的小痰盂给珍妮吐痰用，就放在客厅里，痰盂四周还画着一枝枝花。这很出乎大家的预料，因为多数女人吸鼻烟，自然家里有痰盂，可他们怎么会知道时髦人物把痰吐在这样花哨的小东西里？这多少有点让他们感到自己吃了亏，像有什么事瞒着他们了。也许除了痰盂之外世界上还有许多事是瞒着他们的，你看人们只告诉他们把痰吐在空西红柿罐头盒里。自己和白人不同就够糟的了，可是自己黑人中还有一个能如此不同，你便不免感到奇怪了。这就像看到自己的姐妹变成了一条鳄鱼似的，会有一种似曾相识的感觉，老在鳄鱼身上看到自己的姐妹，在姐妹身上看到鳄鱼的影子，而你希望不是这样。从某种意义上来说，市民们尊敬他，甚至钦佩他，这是毫无疑问的，但任何在权力与财富之路上行走的人肯定会遇到仇恨。因此在某些场合下发言者站起来需要说"我们敬爱的市长"时，就像说"上帝无所不在"这话一样，人人都这么说，可没人真正相信。这只不过是给舌头上弦的一根摇把。随着时间的推移，他给市民带来的好处渐渐减少时，他在店里忙着，人们就坐在店的门廊上议论他。譬如那天亨利·匹茨偷了一车他的甘蔗被他抓住，他拿回了甘蔗，把匹茨赶出城去，有些人就认为斯塔克斯不应该这样做。他有那么多的甘蔗和别的一切东西。不过当乔·斯塔克斯在门廊上的时候他们没说这话。而在他收到梅特兰来的邮件进屋去分拣时，人人都说了个够。

西姆·琼斯一旦肯定斯塔克斯听不见他的话时，马上就开了口。

"把那个可怜的家伙这样赶出去真是罪过，可耻。黑人之间不应该这样彼此凶狠相待。"

"我可不这样看，"山姆·华生立刻说，"黑人应该像别人一样学会干活挣自己需要的东西。没有人不让匹茨种他想要的甘蔗。斯塔克斯给他活干了，他还要怎么样？"

"我知道，"琼斯说，"可是山姆，乔·斯塔克斯对人太苛刻了，他所有的一切都是从我们身上赚去的，他来的时候并没有这些东西。"

"不错，可是你现在看到的这一切和坐着的地方那时候也没有。说话得公平。"

"可是现在，山姆，你知道他整天光是挺着肚子转悠，告诉别人该干什么。他就爱让凡是能听得见他说话的人都服从于他。"

"他和你说话的时候，你都能感觉到好像他手里拿着根软鞭子，"奥斯卡·司各特抱怨说，"他总是让你觉得要责罚你，让你觉得像穿了件硬角质里子的衣服。"

"他是和风中卷起的一阵旋风。"杰夫·布鲁斯插嘴道。

"说起风来，他是风，我们是草，他往哪儿刮，我们就往哪儿倒，"山姆·华生同意地说，"不过我们需要他这样，要不是他，这个城什么都不是。他不得不有些专横。有的人需要倚仗宝座、统治者的交椅和王冠使人们感觉到他们的影响，他用不着。他的宝座就连在他的裤裆上。"

"我不喜欢这个人的地方是，他和不识字的人说起话来咬文嚼字的，"希克斯抱怨说，"炫耀他的学问。你们看我这个样子都不会相信，可我有个兄弟在奥卡拉当牧师，他很有学问，要是他在这里，乔·斯塔克斯就不可能像愚弄你们大家那样愚弄他。"

"我常在想，不知他那小小的妻子和他过得怎么样，他这个人要改变一切，可什么也改变不了他。"

"你知道我也老想这件事，她在店里出点小错时他常数落她。"

"她在店里时为什么要像老太婆似的用头巾包着头？要是我有那样的头发，谁也甭想让我包上头。"

"说不定是他让她包头的，说不定他害怕咱们这些男的有人会在店里摸她的头发。反正我看这事儿挺神秘的。"

"她可真不怎么说话，她出了点错，他那个大喊大叫劲儿真有点让人无法容忍，可她好像根本不在乎，看来他们彼此很了解。"

关于乔的地位和财产，城里的人有一筐子看法，有好有坏，可谁也没有鲁莽到去质问他，反而都屈服于他，因为他就是他们说的那样，不过正因为市民屈服于他，他才是他们说的这个样子。

6

每天早上地球翻过个儿，把这个城市暴露在太阳下。这样珍妮又过了一天。除了星期日，每天都要去商店。假如不用卖货，商店本身倒是个令人愉快的地方。人们围坐在门廊上，把思想之图传给大家观看，这是很有趣的。而思想之图又总是蜡笔画的放大了的生活，因此听人们讲述它就更有趣了。

譬如说迈特·波纳的黄骡子的事吧。在上帝赐给人的每一天里，他们都聊这头骡子，特别是迈特本人在场听着的时候。山姆、利奇和沃特是聊骡子的人中的头头，别的人只是插嘴说几句偶尔听来的关于骡子的消息，而他们三个人听到和看到的关于这头骡子的事似乎比全县人加起来的还要多。他们一看到迈特瘦长的身影沿街走来，及至走到门廊上，他们就已一切就绪了。

"你好，迈特。"

"晚安，山姆。"

"真高兴你正好来了，迈特，我和几个人正要去找你。"

"干吗要找我，山姆？"

"非常严重的事，伙计，严重！"

"是的，伙计，"利奇就会插进来伤心地说，"需要你全力关注。你一分钟也不应该耽误。"

"到底是什么事？你该赶快告诉我。"

"我看我们最好还是别在商店这儿告诉你，鞭长莫及。咱们最好一起沿萨伯拉湖走走。"

"出什么事啦，老兄？我不跟你们一起瞎胡闹。"

"你那头骡子，迈特，你最好去看看，它出事了。"

"在哪儿？它是不是走到湖里让鳄鱼咬了？"

"比这还要糟，女人们抓住你的骡子了。我中午时分从湖边过来时我老婆和别的一些女人把它放平在地上，用它的肋巴骨当搓板呢。"

他们强忍着的笑轰地爆发出来。山姆脸上一点笑容也没有，"是的，迈特，那骡子瘦得让女人们用它的肋巴骨搓衣服，洗完后晾在它腿骨上。"

迈特明白他们又让他上当了，那笑声使他生了气，而他一生气就口吃。

"你是个臭骗子，山姆，你个笨蛋，你、你、你！"

"啊，老兄，发火也没有用，你知道自己根本不喂那骡子，它怎么胖得起来？"

"我我我喂喂它的！我每次喂都给给它一满杯玉米。"

"利奇知道你那杯玉米是怎么回事。他躲在你牲口棚附近看过，你量玉米用的不是喂牲口的大杯，那是个茶杯。"

"我喂它的，它太小气，不肯长胖。它老那么又弱又瘦是为了气我。怕要它干点活。"

"不错，你喂它，你喊它'过来'，再加上皮鞭当作料喂它。"

"我就是喂了这下三烂了！不管怎么着我都跟它合不来，让它拉犁它简直拼死命抗拒，甚至连我到牲口栏去喂它，它都把耳朵往后一贴又踢又咬。"

"放心吧，迈特，"利奇安慰道，"我们都知道这东西很坏。我见过它在大街上追罗伯茨家的一个孩子，要不是风向突然变了，它就会追上他，也许还会把他踩死。你知道那孩子想跑到斯塔克斯洋葱地的篱笆那儿去，那头骡子紧追不放，越离越近，这时突然风向变了，把骡子刮出老远，因为它太弱啦，没等这下三烂掉过头来，小孩已经翻过了篱笆。"门廊上的人大笑，迈特又生起气来。

"说不定这头骡子见谁都撒气，"山姆说，"因为它以为它听见走向它的人全是迈特·波纳，又来让它空着肚子干活了。"

"啊，别这么说，别这么说，你马上住嘴，"沃特反对道，"那头骡子不会以为我像迈特·波纳，它没有笨到这个地步。要是我觉得骡子分不清的话，我早就去照一张相给它，好让它弄清楚了。我不会允许它对我持这种看法的。"

迈特拼命想说点什么，可嘴巴怎么也说不出来，于是他跳下门廊怒火冲天地走了。但这也挡不住关于骡子的谈话。还有更多关于这头骡子的故事：这畜生是多么可怜，它的年纪，它的坏脾气以及它最新的罪行。人人都纵情谈论，它的显要性仅次于市长，聊起它来更有劲。

珍妮非常喜欢这样的聊天，有的时候她还编出关于这头骡子的有意思的故事来，可是乔不让她参加进去，他不愿意让她和这样没有价值的人聊天。"你是斯塔克斯市长太太，珍妮，老天，这帮人连睡觉的房子都不是自己的，我真不明白像你这样有能耐的女人为什么会拾他们的牙慧。这些东西一点用处也没有，只是一些微不足道的人物在消磨时间。"

珍妮注意到他自己虽不谈论那骡子，可也坐在那里哈哈大笑，就是他那种大声的呵呵笑。但当利奇或山姆或沃特这帮能聊的人谈起世上某方面的事情时，乔就总是催她回店里去卖东西。他好像以此为乐。为什么他自己不能偶尔也去卖卖？她逐渐对店铺里面产生了仇恨，也恨那邮局。人们老是在不该来的时候，比如她正在数东西或者记账的时候，进来问有没有信，搞得她火气上来卖邮票找错了钱。还有，有些人的字她辨认不出来，写法特别怪，拼法也和她熟悉的拼法不一样。一般情况下，倒都是乔自己整理邮件，可有时他不在，就得她干，结果总是忙成一团。

商店本身也使她非常头疼。把东西从货架上拿下来或从桶里拿出来，这活儿算不得什么，只要顾客要的是一个番茄罐头或一磅大米，问题就不大。可是如果他们还要一磅半咸肉和半磅猪油怎么办？这就从走几步、伸手够一够变成了数学难题。或者，干酪是三角七分一磅，可有人来买一角钱的。在这类事情上她进行过多次无声的反抗，她觉得这简直是生命和时间的巨大浪费，可乔总是说只要她想做就能够把事情做好，而他要她利用她的这些天赋。她就是不断地和这样一块巨石冲撞着。

头巾的事也总使她感到恼怒，但乔迪很顽固，在店里不能露出她的头发。这似乎太没道理了，但这是因为乔从来没有对珍妮说过他多么爱吃醋。他从来没告诉过她，当她在店里干活时，他是多么经常地在想象中看到别的男人沉溺在她的头发里。有一天晚上他就看见沃特站在珍妮身后，用手背轻轻在她辫梢蹭来蹭去，既不让珍妮知道又享受抚摸她头发的快感。乔在店铺后部，沃特没有看见他，乔真想拿着切肉刀冲上去砍掉那只冒犯了他的手。当晚他便命令珍妮在店里时要把头发扎起来。就是这样。她在店里是给他看的，不是给别人看的。可是他从来没这么说过，他这个人不会说这种话的。譬如说那头黄骡子的事吧——

一天傍晚，迈特手里拿着个笼头从西边过来，"我在找我那头骡子呢，谁见了？"他问。

"早上看见它在学校后面，"兰姆说，"十点钟左右。那么早它就在那么远的地方，一定是一夜都在外头。"

"就是，"迈特答道，"昨天晚上看见它了，可是没有抓住它，今晚非得把它弄回去不可，因为明天我要耕地。我答应了去耕汤普森家的园子。"

"你觉得靠那骡架子能干完那活吗？"利奇问道。

"啊，那头骡子结实着哪，就是太坏，不听支使。"

"对了，人家告诉我是骡子把你领到这个城里来的。说是你本来要往米开诺皮去，可骡子比你明白，把你领到这儿来了。"

"这是撒、撒、撒谎！我离开西佛罗里达的时候就是往这儿来的。"

"你是说你从西佛罗里达一路骑着那骡子到这儿的？"

"当然啦，利奇，可这不是他的本意。他在那儿待得挺满意的，可骡子不满意，所以有一天他把鞍子放在骡背上，骡子就把他驮来了。骡子明白事理。那边老百姓一星期只吃一次软饼面包。"

和迈特的打趣中，总含有一点严肃的成分，因此当他怒冲冲走开时谁也不在意。都知道他买肋肉时只买一小条，手里提着小袋的粗杂粮面或面粉回家，只要不花钱，好像什么都没关系。

他走后大约半小时人们听见骡子在小树林边嘶叫，不久骡子就该经过商店门前了。

"咱们给迈特把骡子逮住，乐一乐。"

"嗨，兰姆，你知道那头骡子不愿意让人逮住，你去逮一个咱瞧瞧。"

骡子走到商店前面时，兰姆出去对付它。那畜生把头猛地一抬，两耳朝后一贴，向来人冲去。兰姆为自身安全计不得不逃走了。又有五六个人离开门廊困住了这头暴躁的骡子，捣着它的两肋要它发脾气，可它心有余而力不足，很快就因不断转动它那副老骨头而气喘吁吁。大家都因捉弄了骡子而兴高采烈，只有珍妮例外。

她掉转头不去看这一幕，自言自语道："他们真该害臊！这么样作弄一头可怜的畜生！它干活快累死了，给虐待得身体都垮了，现在他们还要把它作弄死。真希望我能按自己的意思来对付这帮人。"

她离开门廊，在店堂后边找了点事儿干，所以她没有听见乔迪是什么时候停下不笑的。她不知道他听见了她的话，但她听见他喊着："兰姆，老天，够了！你们取乐也取够了，别再傻闹了，去告诉迈特我马上想和他谈谈。"

珍妮回到前门廊上坐了下来。她一句话也没说，乔也沉默着。但过了一会儿他低头看着自己的脚说道："珍妮，我看你最好去给我把那双旧的黑色高帮绑腿鞋拿来，这双皮鞋真烧脚，鞋挺松的，可还是磨得脚疼。"

她一声不响地站起身去给他拿鞋。她内心中正在进行一场保卫孤弱无助的东西的小小战争。人们应该对孤弱无助的东西有所顾念。她想为此去斗一斗，"可是我痛恨分歧和混乱，所以最好还是别说话，不然不容易和别人相处。"她没有忙着回去，她摸索了好一阵，好让脸色恢复正常。她回到门廊上时乔正在和迈特说话。

"十五块钱？老天，你疯了！五块钱。"

"咱、咱们都让点，市长兄弟，给、给十块吧。"

"五块。"乔的雪茄在嘴上转动，若无其事地把眼睛转向别处。

"如果那头骡子对你市长兄弟还有点用的话对我就更有用了，特别是我明天有活要干。"

"五块钱。"

"好吧，市长兄弟，如果你想剥夺我这样一个穷人的唯一生计的话，我就收你五块钱吧。那头骡子跟了我二十三年了，真舍不得啊。"

斯塔克斯市长故意先摸了鞋才伸手到口袋里掏钱。这时迈特像热锅上的蚂蚁坐立不安，不过他的手一攥到钱脸上立刻露出了笑容。

"这回你可赔了，斯塔克斯！不出这个星期那头骡子就可能死掉，它不会给你干活的。"

"我不是为干活才买它的，老天，我买那坏东西是让它歇着，你没有足够的气魄这么干。"

人们尊敬地沉默了下来。山姆看了看乔说："斯塔克斯市长，这倒是对付这坏东西的一个新主意，我喜欢这主意，你做了一件高尚的事。"大家都表示同意。

人们议论时，珍妮一动不动地站着。人们说完后，她站到乔的面前，说："乔迪，你做了一件大好事，不是每个人都会想到这样做的，因为这不是一个平常的想法，放了那头骡子使你变成了一个大人物，有点像乔治·华盛顿和林肯。亚伯拉罕·林肯要统治整个美国，所以他解放了黑人，你要统治一个城市，所以你放了那头骡子。你要解放什么必须要有权力，那会使你像个国王什么的。"

汉波说："你老婆是个天生的演说家，斯塔克斯，我们原来一点也不知道，她用恰到好处的词表达了我们的想法。"

乔用力咬着雪茄向大家笑着，但一个字也没有说。满城的人议论了三天，说如果他们像乔·斯塔克斯这样阔，他们也会这样做。不管怎么说，城里有一头不受管束的骡子是件值得一谈的新鲜事。斯塔克斯把草料堆放在前廊附近的大树下，骡子和别的市民一样一般都在商店左右活动，几乎所有的人都养成了习惯，来时带一把料扔在堆上。它几乎都长肥了，大家很为它骄傲，又开始编造起它作为自由骡的所作所为：它怎样在一天晚上推开了林赛家的厨房门，在厨房里睡了一夜，早饭时给它煮了咖啡才罢休；它怎样在皮尔逊一家人吃饭时把脑袋探进他们家的窗子，皮尔逊太太以为是皮尔逊牧师，递给了它一个盘子；它把塔利太太追赶出了槌球场，因为她体形太难看了；它跑着追上了往梅特兰去的培基·安德森，为的是把脑袋钻到她的阳伞下不致晒着；它听雷德蒙又臭又长的祈祷听烦了，走进了那座浸礼会教堂搅散了礼拜。它除了不让人给它套上笼头和不去迈特·波纳家，别的什么事都干过了。

但过了一段时间它死了。兰姆发现它四腿朝天、瘦削的背脊朝下躺在那棵大树下。这很不自然，看上去也不对头，可是山姆说要是它侧躺着像别的畜生一样死去那就更不自然了；它是看到了死神的降临，和人一样拼死争斗，直斗到最后一口气，自然就没时间把自己弄得像样些，死神也只好将就它了。

消息传开，就像发生了战争结束之类的大事。能停下工作的人全停了下来，围在一起，聊开了。不过最后这头骡子也只能像别的死畜一样被拖走，拖到小山边。这个距离符合城市卫生的要求，剩下的就是秃鹰的事了。人人都参加了拖出仪式，这个消息使斯塔克斯市长提前起了床。他的两匹灰马正在树下，有人正摆弄着马具，这时珍妮给乔送早饭来到了店里。

"老天，兰姆，你走以前把店门锁好，听见了吗？"他快速地吃着早点，一只眼睛瞧着门外套马的人的动作。

"乔迪，你干吗要他锁店门呀？"珍妮吃惊地问道。

"因为没有人在这里照顾商店了，我自己也要去参加拖骡子。"

"我今天没有什么要紧的事干，乔迪，为什么我不能和你一起去拖骡子？"

一时间乔惊讶得说不出话来，"什么，珍妮！你不会愿意让人家看见你在拖骡子的人群里吧？人挨人人挤人的，这帮人还一点不懂礼貌。不行，不行！"

"你不是会和我在一起吗，是不是？"

"是的，可虽说我是个市长，我到底是个男人，市长的妻子可就不一样了。总之，他们可能会要我在死骡子面前说上几句话，因为这事不同一般。但是你不许和这帮粗俗的人一起去。你居然会要求去，我很吃惊。"

他擦去嘴上的火腿汁，戴上了帽子，"进去把门关上，珍妮，兰姆忙着弄马呢。"

又一阵大声的建议、命令和毫无用处的评论之后，全城的人护送骡尸而去；不，是骡尸与全城的人一齐离去，把珍妮一人剩下，站在门口。

在沼泽地上为骡子举行了隆重的仪式，他们模拟人死时的一切做法，斯塔克斯首先为死去的公民致颂辞，说死者是我们最尊贵的公民，死后人们是多么伤心，大家非常喜爱这讲话。这比修建学校更增加了斯塔克斯的分量。他把骡子膨胀起的肚子当作讲台，站在上面，手比划着。他下来以后大家把山姆推了上去，他先像学校老师一样谈到这头骡子，然后他把帽子又像约翰·皮尔逊那样戴上，模仿他布道的样子。他说到骡子天堂的欢乐，这位亲爱的兄弟已离开这个苦恼谷到了那里，骡天使在周围飞翔，几英里长的嫩玉米和清凉的水，一片纯麸皮的草场，一条糖浆之河从中流过。最美妙的是，没有迈特·波纳拿着套犁的缰绳和笼头来败坏风俗。在那天堂中，骡天使可以骑在人身上，亲爱的死去的兄弟在天堂闪闪夺目的宝座旁自己的位置上将俯视地狱，看到魔鬼在地狱毒热的阳光下整天让迈特·波纳犁地，而且用皮鞭往他身上猛抽。

说到此处姐妹们假装高兴，大叫大喊，男人们不得不扶住她们。大家痛快之极，最后才把骡子交给了早已等得不耐烦的秃鹰。它们高飞在送葬人的头顶上，举行着盛大的集会，附近一些树上已栖息着它们弓着肩的身影。

人群一走远，它们就盘旋而下，近处的越飞越近，远处的也飞将而来。一个圈子，一个猛扑，张开翅膀往上一飞，圈子越缩越小，直到饿得更凶的或胆子更大的几只落在了尸体上。它们想开吃了，但牧师不在场，因此派出信使给栖息在一棵树上的头领送信。

鹰群必须等着白头的头领，但这可不是件容易的事。它们互相推挤着，因饥饿而生气地啄着头。有的从骡头走到骡尾、骡尾走到骡头。牧师大人一动不动地栖息在约两英里外的一棵枯松上，它和其他的同类一样早已嗅出气息，但出于礼节它必须佯作不知稳坐着等候通知。然后它才笨重地起飞，盘旋下降，盘旋下降，直到群鹰饥饿地欢跳着迎接它的到来。

终于它落到地上，围着尸体打转，看看它是不是真的死了。它检查了鼻子和嘴巴里面，从头到尾仔细查遍后跳上骡身低了一下头，其余的秃鹰跳动着做出了回答。在这以后它站稳身子问道：

"这人是怎么死的？"

"脂肪太少，太少。"齐声回答。

"这人是怎么死的？"

"脂肪太少，太少。"

"这人是怎么死的？"

"脂肪太少，太少。"

"谁来承担它的葬礼？"

"我们！！！"

"嗯，现在行了。"

于是它按仪式啄出了骡眼，盛宴便进行起来。黄骡子从城里消失了，只是在门廊的谈话中还被提到，再有就是孩子们偶尔冒险兴发，去看看它那变白了的骨头。

乔满心欢喜情绪极佳地回到店里，但他不愿让珍妮看出这一点，因为她正绷着脸，他对此很不满意。他这样安排，她没有理由绷脸。他费了这么大劲，她连点谢意都没有，而她应该好好感谢他才对。他简直给了她满身的荣誉，给她造了一张高高在上的椅子，好让她坐在上面俯视世界，可她倒好，噘开嘴了！他并不想要别的女人，可是有的是女人想得到她的地位。他真该打她的嘴巴！不过他今天不想打架，他拐着弯地对她进行攻击。

"珍妮，今儿早上在树林子里，我和那些人在一起笑了半天，他们那份逗乐劲儿让你没法不笑，不过我还是希望我的市民多关心点儿正经事，而不要在胡闹上花这么多时间。"

"不是人人都和你一样，乔迪，总有人想笑想玩的。"

"谁不爱笑爱玩？"

"你这个说法很像是你不爱这些。"

"老天，我才不会说出这样的瞎话来呢！可是现在正是干事业的时代，看见这么多人只要能吃饱肚子然后有个睡觉的地方就满足了，真是件可怕的事。想起来我有时候挺难受，可有时候又挺生气。有的时候他们说些话简直让我想笑得要死，可是我就是不笑，免得给他们鼓了劲。"珍妮采取了息事宁人的做法。她的看法并没变，不过嘴上同意了。她的内心却在说："就算这样吧，你也用不着对这件事大做文章。"

不过有的时候山姆·华生和利奇·莫斯间永无休止的争论会迫使乔捧腹大笑。他们的争论永远没有终结，因为他们争论的唯一目的就是比赛各自的夸张本领。

也许利奇来时山姆正坐在前廊上。如果没有可供谈论的人在场，那就什么事也没有，如果像星期六晚上那样大家都在，利奇就会满脸严肃地走上前来，好像忙着想事连寒暄都顾及不上了。一旦别人问他怎么了、想让他开口的时候，他会说："这个问题快把我逼疯了，山姆对此事非常了解，我想知道点情况。"

沃特·汤马斯一定会说话，怂恿旁人谈下去："是的，山姆了解的情况多得都不知道该怎么办了，他必定会把你想知道的事告诉你的。"

山姆开始认真地做出要避免这场争斗的姿态来，这样把门廊上所有的人都吸引了进去。

"你怎么会要我来告诉你呢？你总是声称上帝在街角遇见了你，把他的秘密都和你谈了，你用不着来问我什么事，是我要问你。"

"你怎么个问我法，山姆，谈话是我起的头呀？是我问你。"

"问我什么？你还没告诉我题目呢。"

"我不打算告诉你！我打算一直不让你知道，你要是真像你假装出来的那么机灵，你可以自己去弄明白。"

"你害怕让我知道是什么事，因为你知道我会把它驳得体无完肤。谈话得有个题目，不然没法谈。如果一个人没个范围，就没有停止的地方。"

此时他们已经是世界的中心了。

"那好吧，既然你已经承认你没那么机灵，弄不明白我说的是什么，那我就告诉你。是什么使人不被火热的炉子烫伤，是谨慎还是天性？"

"呸！我还以为你要问我什么难题呢。这个问题沃特可以回答你。"

"要是谈话对你太深奥了，你为什么不对我实说，然后闭上嘴？这类事沃特回答不出来，我是个受过教育的人，一切自己安排，如果它需要我整夜不睡来琢磨，沃特不可能对我有什么帮助，我需要一个像你这样的人。"

"那么利奇，我来告诉你。我要掰开揉碎了地和你谈，是天性使人躲开火热的炉子。"

"哼哼，我就知道你会如此这般说话！可是我要纠正你。那根本不是天性，是谨慎，山姆。"

"没这么回事！天性告诉你别乱摆弄火热的炉子，你就不去摆弄。"

"听着，山姆，如果是天性，那谁都用不着注意别让孩子碰炉子了，对不对？因为小孩自然就不会去碰它的。但是小孩是会去碰炉子的。因此是谨慎，不是天性。"

"不是，是天性，因为天性让你谨慎，这是上帝创造的最强有力的东西。事实是天性是上帝创造的唯一的东西，他造了天性，天性造了别的一切。"

"天性根本没有造出别的一切，还有好多东西根本还没有造出来呢。"

"你说说看你所知道的天性还没有造出来的东西。"

"它没造出来头上长角的母牛，好让你可以骑在它身上紧抓住那角不放。"

"对，不过这不是你的论点。"

"对，这就是我的论点。"

"不是。"

"那么我的论点是什么？"

"到现在为止你还没有论点。"

"他有论点，"沃特插进来说，"火热的炉子就是他的论点。"

"他知道得挺多，可是他还没能证明他的论点呢。"

"山姆，我说是谨慎而不是天性使人避开火热的炉子的。"

"儿子怎么能出现在爸爸之前呢？天性是一切的开始，自从人成了人，本性就使人避开火热的炉子了。你说的那个谨慎只不过是只嗡嗡叫的小虫子，它所有的一切都不属于它，它有与别的东西相像的眼睛，与别的东西相像的翅膀——什么都像别的东西，就连它的嗡嗡叫声也是别人的声音。"

"喂，你在说些什么？谨慎是世界上最伟大的东西，要不是因为有了谨慎——"

"说出点什么谨慎制造出的东西来给我听听！你看看天性都做了些什么！天性如此强大会让黑母鸡生出白鸡蛋。你倒说说看，为什么，是什么使男人嘴巴周围长出胡子来？天性！"

"那不是——"

门廊沸腾了。斯塔克斯把店交给送货的赫齐卡亚·波茨，到门廊上坐在了他那把高椅子里。

"你看看霍尔加油站那儿的那个无赖大畜生——一个大老无赖。它把房子外面的人全吃光，然后把房子吃掉。"

"啊，根本就没有这样的能吃房子的坏畜生！这是撒谎。昨天我在那儿，没有看见那种事。它在哪儿?"

"我没有看见它，不过我估计它在后院里的什么地方。可是他们把它的相片放在前门外了，我今天晚上经过时看见他们在钉它。"

"好吧，如果它能吃掉房子，为什么没有把加油站吃了?"

"那是因为他们把它捆了起来，所以它吃不了。他们有一张很大的图，说明它能一次喝掉多少加仑辛克莱高压浓缩汽油，还说它已经一百多万岁了。"

"没有一百万岁的东西!"

"那张图就挂在那里，谁都能看得见。他们看见了东西才能画出画来，对不?"

"他们怎么能知道它一百万岁了? 谁也不是那么久以前出生的。"

"我猜是根据它尾巴上的圈吧。喂，那些白人想知道的事都有办法知道。"

"那么这么长的时间它都在什么地方?"

"他们在埃及捉住它的。看来它总在那儿转悠，把那些法老的墓碑石吃掉。他们还有它吞吃时的相片呢。在这样的坏畜生身上本性可强了。本性和盐分，征服者大约翰[1]这样的强人就是由

---

[1] 征服者大约翰（Big John de Conquer）：原指在黑人巫术中有多种功法的一种植物的根。赫斯顿在她的作品中用它来象征 John the Slave，一位在黑人民间传说中幽默而有智慧、类似中国传说中的人物阿凡提。

这两样构成的。他是个有盐分的人，能给什么东西都增加滋味。"

"是的，不过他是个超过常人的人，独一无二的人。他不挖土豆，不耙干草，不让人鞭打，他也不逃跑。"

"啊，要是努力，别人也能这样。我自己就有盐分。如果我爱吃人肉，可以每天吃个人，有的人毫无价值，他们会让我吃的。"

"天啊，我就爱谈大约翰的事，要不然就聊聊老约翰。"

但这时布奇、梯蒂和大个儿走了过来，走路的样子显得她们挺漂亮似的。她们像春天的嫩芥菜叶一样有股清新的风味。门廊上的年轻小伙子们定会告诉她们这一点，买东西请她们吃。

"我订的货现在到了。"查理·琼斯宣布道。他争先走下门廊去迎接她们，但他的竞争对手很多，推推搡搡地向姑娘们献殷勤。他们都求她们想到什么就买什么，请允许由他们付钱。他们求乔把店里的糖全包上，另外再去定购些。要所有的汽水和花生——什么都要！

"姑娘，我爱你爱得发疯了，"查理继续给大家逗乐，"除了给你干活和把我的钱给你之外，我什么都愿意替你去做。"

姑娘们和其他人都大笑助兴。他们知道这不是求爱，而是在表演求爱，大家都是剧中人，三个姑娘是舞台上的中心人物，直到戴西·布朗特在月光下沿街走来才告结束。

戴西踩着鼓点走着，看她走路的样子你几乎都能听见鼓声。她肤色很黑，自己知道白衣服穿在身上很漂亮，因此她打扮起来时就穿白衣服。她有双黑色的大眼睛，白眼珠闪闪发光，使她的眼睛像新铸的硬币一样发亮，她也知道上帝给女人眼睫毛是干吗用的。她的头发算不得直，是黑人带鬈的头发，但有一丝白人头发的味道，就像捆火腿用的那根细绳，根本不是火腿，但因为捆过火腿，就有了火腿的味道。她的头发厚厚地披散在肩上，刚好在一顶大白帽下露出来，恰到好处。

"上帝，上帝，上帝，"还是那个查理·琼斯惊叫着向戴西冲过去，"圣彼得让他的天使们这样跑了出来，想必天堂里现在是休息时间。已经有三个男人为了你躺在那里快要死了，而这儿又有一个傻瓜心甘情愿为你去坐牢。"

这时其余的单身汉已经拥到了戴西身边，她红着脸炫示着自己。

"要是你知道有什么人要为我而死，你可知道得比我还多，"戴西仰起头说，"我倒想知道这人是谁。"

"哎呀戴西，你知道，为了你吉姆、戴夫和兰姆都快要把彼此杀死了，你别站在这里说这种装傻的话了。"

"真要是这样，他们可都是大哑巴了，他们可从来没对我说过什么。"

"嗯哈，你说得早了点，这儿呢，吉姆和戴夫就在这儿门廊上，兰姆在店铺里面。"

戴西的狼狈使众人大笑起来，小伙子们也不得不扮作情敌的样子，只是这次大家都知道里面有真实的成分。尽管如此，门廊上的人对他们的表演看得津津有味，而且需要的时候都帮上一把。

戴夫说："吉姆不爱戴西，他不像我这样爱你。"

吉姆愤怒地吼道："谁不爱戴西？我知道你说的不是我。"

戴夫："那好吧，咱们现在马上来证实一下，看谁最爱这个姑娘。你甘愿为戴西坐多少年牢？"

吉姆："二十年！"

戴夫："看见了？我告诉你了那个黑鬼不爱你，而我，我要恳求法官处我绞刑，决不接受轻于无期徒刑的判决。

门廊上传来长长的大笑声。于是吉姆要求进行一番考验。

"戴夫，如果戴西傻到嫁给了你，你愿意为她做些什么？"

"我和戴西早就商量好了，如果你一定要知道，告诉你我买一辆旅客火车送她。"

"哼，就这呀！我要给她买艘轮船，然后雇人给她开。"

"戴西，别让吉姆拿大话哄住了你，他什么也不打算给你买。一艘小破船！戴西，只要你说声要，我就为你把大西洋清干净。"人们大笑起来，然后又静下来听。

"戴西，"吉姆说，"你知道我的心以及我想的是什么，你知道如果我坐着飞机在天上高高飞时往下一看看见你在走，知道你得走十英里才到家，我就会下飞机来陪你走回去。"

这时爆发了一阵大笑声，珍妮沉醉在其中，后来乔迪把她的兴致全破坏了。

波格尔太太沿街向门廊走来。波格尔太太已经有好几个孙儿女了，但她爱脸红，有股卖俏的劲头，竟掩盖了她已下陷的双颊。她走路时你能看到她脸前有把扇动着的扇子，看到玉兰花以及月光下寂静的湖泊。说不出明显的理由为什么会看到这些，可事情就是这样。她的第一个丈夫原是个马车夫，为了能得到她，"学了审判"。最后他成了传教士，和她一直生活到去世。她的第二个丈夫在弗恩斯橘园干活，但当他得到她青睐后就试图去做个传教士。他只当到讲习班的头头，不过也算是献给她的一样东西，证明了他的爱情和自尊。她是海洋上的清风，她驱动着男人，但决定到什么港口的是舵轮。这天晚上她走上台阶，男人们看着她，直到她走进店门。

"老天，珍妮，"斯塔克斯不耐烦地说，"你为什么不去看看波格尔太太要买什么？你等什么？"

珍妮还想继续听他们的表演和最后的结局，只好不高兴地站起身走进店里。她怒冲冲地回到门廊上，满脸不满意的神气。乔看见了，上来了三分火气。

吉姆·威斯顿偷偷借了一角钱，然后就大声恳求戴西允许他请她一次。她最后就同意让他给买个腌猪爪。他们进店时珍妮正在准备一份大订单的货，因此兰姆接待了他们，也就是说他到后边小桶里去拿腌猪爪了，却空着手走了回来。

"斯塔克斯先生，猪爪都卖完了！"他叫道。

"啊，没卖完，兰姆，上次从杰克逊维尔进货时我买了整整一桶猪爪，昨天才到的。"

乔进来帮兰姆找，但他也找不到那新到的一桶猪爪。于是他走到桌子旁，在挂在钉子上的存根里翻着。

"珍妮，最后那张提货单呢？"

"就在钉子上挂着呢，没有吗？"

"没有，你没按我说的放好。要是你的心不老惦记着街上，而是总想着你的活儿，说不定有时候还能把有的事办好。"

"啊，在那儿找一找，乔迪，提货单不会到别处去的。要是没挂在钉子上，那就在你桌子上，要是找一下你准能找到。"

"有你在这里本来不应该需要我找什么东西的，我告诉过你多少次了要把所有的单据挂在那根钉子上！你只要记住我的话就行了，为什么你不能按我说的去做？"

"你确实喜欢指挥我，可我看到的事却不能让你去做。"

"那是因为你需要有人告诉你怎么做，"他生气地回答说，"要是我不这么做就糟了。得有人去替女人、孩子、鸡和牛动脑筋，老天，他们自己简直不动脑筋。"

"我也知道些事情，而且女人有的时候也动脑筋！"

"啊，不，她们不动脑筋，她们只是认为自己在动脑筋。我能举一反十，你见十也反不出一来。"

此情此景多了以后，就促使珍妮考虑自己婚姻的实质。后来她拼命和他顶嘴，不过这对她一点好处也没有，乔反而更嚣张了。他要她绝对顺从，而且要一直斗到他觉得她绝对顺从了为止。

就这样她咬紧牙关逐渐学会了缄默。他们婚姻的灵魂离开了卧室住到了客厅。每当有客人来，他们就在那儿握手接待，却再也没有回到卧室中去，因此像教堂中有圣母玛丽亚像一样，她在卧室中放了点东西来象征婚姻的灵魂。卧床不再是她和乔嬉戏的长满雏菊的原野，它只是她又累又困时躺卧的一个地方。

和乔在一起她的花瓣不再张开。明白这一点时她已经二十四岁，结婚已七年。有一天他在厨房里扇了她一阵嘴巴后她明白过来。事情因一顿饭而起。有的时候这类事情往往对所有女人都是个磨难。她们计划着、安排着、干着，可不定哪个灶魔王会偷偷往她们的锅里盆里放进点没烤透的、没味的、糊巴巴的东西。珍妮做饭很拿手，乔也盼着这顿饭好躲开别的杂事。因此当面包没有发起来、鱼靠骨头的地方没怎么熟、米饭又是焦的时，他就扇了她耳光，直打得她耳朵嗡嗡响。他说她脑子有毛病，然后昂首回到商店去了。

珍妮在原地不知站了多少时间，沉思着。她一直站到有什么东西从她心田跌落了下来，于是她搜寻内心看跌落的是什么。是乔迪在她心中的形象跌落在地摔得粉碎。但她细细一看，看到它从来就不曾是她梦想中的血肉之躯，只不过是自己抓来装饰梦想的东西。从某种意义上来说，她抛弃了这一形象，听任它留在跌落下的地方，进一步审视着。她不再有怒放的花朵把花粉撒满自己的男人，在花瓣掉落之处也没有晶莹的嫩果。她发现自己有大量的想法从来没有对他说过，无数的感情从来没有让他知道过。有的东西包好了收藏在她心灵中他永远找不到的一些地方。她为了某个从未见到过的男人保留着感情。现在她有了不同的内心和外表，突然她知道了怎样不把它们混在一起。

不等乔迪有时间派人来叫她，她便洗好澡，换上干净衣服和头巾，来到了店里。这是她向事物的外表低了头。

乔迪在门廊上。和每天这个时候一样，门廊上挤满了伊顿维尔人。她来到商店的时候，乔迪和往常一样正在作弄托尼·罗宾斯太太。珍妮看得出来，乔迪在粗俗地取笑罗宾斯太太时正斜着眼睛偷看自己，他想与她和好，他那大大的笑声是出自对罗宾斯太太的作弄，也是为了笑给她听的。他渴望和解，但得依他的条件。

"老天，罗宾斯太太，你明明看见我在看报，为什么还要到这里来打搅我？"斯塔克斯市长假装不高兴地放下报纸。

罗宾斯太太做出可怜的样子用可怜的声音说："因为我肚子饿，斯塔克斯先生，真的饿了，我和我的孩子们都在饿肚子，托尼不给我饭吃！"

门廊上的人等的就是这句话，他们轰地大笑起来。

"罗宾斯太太，托尼每星期六到这儿来像个男子汉那样买食物，你怎么能装饿呢？你真该丢三个星期的脸！"

"要是他买了你说的那么多东西，斯塔克斯先生，天知道他拿着干吗了，他可没有往家里拿，我和我可怜的孩子们真饿极啦！斯塔克斯先生，求你给我和孩子们一小块肉吧。"

"我知道你不需要肉，不过你进来吧，我要是不给你肉你是不会让我看报的。"

托尼太太真是喜极欲狂，"谢谢你，斯塔克斯先生，你真高尚！你是我见到过的最了不起的绅士。你是个皇帝！"

放腌猪肉的箱子在店铺最里面，往里走的时候托尼太太心急得有时踩了乔的脚跟，有时又抢到了他的前面。有点像看见人拿着肉向盛食盆走来的一只饿猫，跑几步，奉承一番，自始至终不断发出催促的叫声。

"确实，斯塔克斯先生，你就是高尚，你同情我和我可怜的孩子们。托尼什么也不给我们吃，我们饿极了。托尼不给我饭吃！"

他们来到装肉的箱子前，乔拿起大切肉刀，挑了一块肋肉要切。托尼太太就差没围着他跳舞了。

"对了，斯塔克斯先生，给我这么宽的一小块肉，"她比画着连手腕带手这么宽的一块，"我和孩子们饿极了！"

斯塔克斯简直没去看她比画的多少，他看到的次数太多了。他看好了小得多的一片肉，把刀子切了进去。托尼太太伤心得差点倒在地上。

"天可怜见，斯塔克斯先生，你不会把那么小的一块肉给我和我所有的孩子们的，是吧？天哪，我们饿极了！"

斯塔克斯只顾切下去，伸手拿了一张包装纸。托尼太太从给她的这块肉旁跳开，好像那是一条响尾蛇。

"我不要！就给我和我所有的孩子们那么一小块咸肉！天哪，有的人什么都有，可是他们那么小气那么没个够！"

斯塔克斯做出一副要把肉扔回箱子里去盖上箱盖的样子，托尼太太像闪电般扑来把肉抓在手里，往门口跑去。

"有些人胸膛里没有心，他们宁愿看着一个可怜的女人和她无依无靠的孩子饿死，总有一天上帝会把这些小气得没个够的人抓起来的。"

她走下商店的门廊，十分愤怒地走了。有的人大笑，有的人大怒。

"如果那是我的老婆，"沃特·汤马斯说，"我就把她宰了。"

"特别是如果我像托尼一样把工资全给她买了东西的话。"柯克说，"首先我永远不会在哪个女人身上花托尼花在她身上那么多的钱。"

斯塔克斯回到门廊在自己的位子上坐下。他在店里停留了一会儿，把肉钱加在托尼的账上。

"嗨，托尼让我迁就着她点。他从州的北边搬到这儿来指望能改变她，可是没成功。他说他舍不得离她而去，又不愿杀了她，所以除了迁就忍耐没别的法子。"

"那是因为托尼太爱她了，"柯克说，"她要是我的老婆我就能制得住她，我要么制服她，要么杀了她，省得她在大家伙儿的面前出我的洋相!"

"托尼永远也不会打她的，他说打女人就像踩小鸡，他声称女人身上没有地方能打，"乔·林赛带着挖苦和不赞成的口气说，"就算是一个今天早上刚生的小孩，如果做出这样的事，我也会杀了他的。只有出自对她丈夫卑鄙的怨恨她才会干出这等事。"

"这话千真万确，"吉姆·斯通同意地说，"就是这个原因。"

珍妮做了一件她从未做过的事，这就是她插入了谈话。

"有的时候上帝也会和我们女人们亲近起来，把秘密告诉我们。他对我说他没有这么造你们，可你们都变得这么聪明，这使他多么吃惊。如果你终于发现，你们对我们的了解连你们自以为有的一半都不到时，你们会多么吃惊。当你们只有女人和小鸡要对付时，把自己装作全能的上帝是多么容易。"

"你话太多了，珍妮，"斯塔克斯对她说，"去把跳棋盘和棋子给我拿来，山姆·华生，你是我网中之鱼啦。"

7

岁月使争斗之心从珍妮脸上完全消失了,有一段时间她以为也从她的灵魂中消失了。不论乔迪做了什么,她一句话也不说。她学会了怎样说一些话留一些话。她是大路上的车辙,内心具有充沛的生命力,但总被车轮死死地压着。有时她探向未来,想象着不同的生活,但她大半是生活在自己狭小的天地里,感情的波动像林中的树影,随着太阳而出没。她从乔迪处得到的只是金钱能买到的东西,她给出去的是她不珍惜的一切。

时而她会想到日出时的一条乡间大路,想着逃跑。逃向何处?逃向什么?于是她也想到三十五岁是两个十七岁了,一切都完全不同了。

"也许他没什么价值,"她告诫自己道,"但在我的嘴里他是个人物。非得这样不可,否则我的生活就没有了意义。我就撒谎说他是,要不然生活就只剩下一个店铺和一所房子了。"

她不看书,因此她并不知道自己是反映天地万物的一滴水,体现了人类企图从卑贱状态爬上没有痛苦的绝顶的努力。

有一天她坐在那里,看着自己的影子料理着店务,拜倒在乔迪面前,而真正的她一直坐在阴凉的树下,风吹拂着她的头发和衣服。这儿有人正从孤独中孕育出夏日风光。

这是第一次发生这样的情况，但不久以后就变得很寻常了，她也不再感到惊讶。它像一服麻醉剂，从某种意义上说这是好事，因为这使她顺从地接受一切，到了这种地步，她像土地一样漠然地接受一切。无论是尿液还是香水，土地同样无动于衷地把它们吸收掉。

有一天她注意到乔不是坐到椅子上，而是站在椅子前跌落下去。这使她从头到脚好好看了看他。乔不像原来那样年轻了，身上已经有什么东西死亡了。他再也站不直了，走路时腿弯着，脖子后面僵直，过去威风富态使人害怕的大肚子现在松松地耷拉着，像悬在腰上的重负，好像不再是他身体的一个部分。他的眼光也恍恍惚惚的了。

乔迪一定也注意到了这些，也许在珍妮之前老早他就看到了，而且怕她会看出来。因为他开始老是谈论她的年龄，好像他不愿意自己老了的时候她还年轻。他老是说："你出去前应该披点什么在肩膀上，你已经不是一只出壳不到一年的小母鸡了，你现在是只老母鸡啦。"有一天他把她从槌球场叫了下来，"那是年轻人玩的，珍妮，你在那儿跳跳蹦蹦的，明天就该起不了床啦。"如果他想瞒骗她，那是打错了算盘，一生中她第一次看到一个人没有头盖骨、完全裸露的脑子，在他狡黠的想法从口腔隧道中冲出之前她早就看到它们在他脑中的凹凸处跑进跑出了。她知道他内心很痛苦，因此她一句话也不反驳随它过去。她只是拿出一些时间给他，等待着。

店里情况逐渐变得很糟。他的背越痛、肌肉越松、人越瘦，就越爱对珍妮发脾气，特别是在店里。在场的人越多，他越是拼命挖苦嘲笑珍妮的躯体，好把注意力从他自己身上移开。有一天，史蒂夫·密克逊要买嚼用烟草，珍妮没有切好。反正她特别讨厌那把切烟草的刀，用起来特别不灵便。她笨手笨脚地捣鼓着，切下去的地方离印子老远。密克逊并不在乎，他举着那块烟开玩笑地逗珍妮。

"你瞧，市长兄弟，看你太太干了什么，"烟块切得很滑稽，因此大家都笑了起来。"女人和刀子——不管什么样的刀子——总也搞不到一起。"大家善意地嘲笑了一阵子女人。

乔迪没有笑，他从店里当邮局用的那一侧匆匆走过来，拿过密克逊手里的那块板烟重切，齐齐地按印子切下，瞪着珍妮。

"老天！一个女人在店里一直待到和玛土撒拉①一样的年纪，可是连切块板烟这样的小事都还做不来！别站在那儿冲我转你的突眼珠，看你屁股上的肉都快垂到膝盖弯上了。"

店里发出哄然大笑，但大家脑筋一转停住了笑。如果你猛地一看这事很可笑，但仔细一想就变得很可怜了。就好像在挤满人的大街上，当一个女人没有注意的时候有人扯下了她的一部分衣服。而且珍妮走到屋子中间站下，直冲着乔迪的脸开了口，这是过去从来没有过的事。

"你别把我的长相和我干的活混在一起，乔迪，等你对我说完了怎么切板烟，那时你再告诉我的屁股端正不端正。"

"你说什、什么，珍妮？你怕是疯了吧。"

---

① 玛土撒拉（Methuselah，本处拼作 Methusalem）：《圣经·创世记》中以诺之子，据传享年969岁。

"没有，我没有疯。"

"你准是疯了，说出这样的话来。"

"是你先开始揭开衣服说人的，不是我。"

"你怎么啦？你又不是个年轻姑娘，提提你的长相觉得受了侮辱。你不是个谈恋爱时的妙龄少女了，你是个快四十岁的老太婆了。"

"对了，我快四十岁了，可你已经五十了，为什么你不能有时候也谈谈这一点，而总是冲着我来？"

"珍妮，我就说了说你不再是个年轻姑娘了，你用得着生这么大的气吗？你这把年纪了，这儿没人想讨你做老婆。"

"我不再是个年轻姑娘了，可我也不是个老太婆。我估摸着自己看上去就是这个岁数，但是我浑身上下没有一处不是个女人，而且我知道这一点。这可比你强多了。你腆着大肚子在这里目空一切，自吹自擂，可是除了你的大嗓门外你一文不值。哼！说我显老！你扯下裤子看看就知道到了更年期啦！"

"天堂里的上帝啊！"山姆·华生惊讶得倒抽了一口气说，"你们今天可动真格的了。"

"你说什、什么？"乔质问道，希望自己的耳朵听错了。

"你听见她说的话了，你又不聋。"华生奚落道。

"我情愿挨小钉扎也不愿听人这样说我。"利奇·莫斯怜悯地说。

这时乔·斯塔克斯恍然大悟，他的虚荣心在汪汪出血。珍妮夺去了他认为自己具有的一切男人都珍视的男性吸引力的幻觉，这实在太可怕了。希伯来人第一个君王扫罗的女儿对大卫就是这样做的①。但珍妮走得更远，她在众男人面前打掉了他空空的盔甲，他们笑了，而且还将继续笑下去。此后当他炫耀自己的财富时，他们就不会把二者放在一起考虑了，他们将用羡慕的眼光看着东西而怜悯拥有这些东西的人。当他审案的时候也会是这样。像戴夫、兰姆和吉姆之流的饭桶也不会愿意和他交换位置，因为在别的男人眼里，有什么东西能为男人没有力度辩解呢？裤子破了裆的十六七岁的无礼年轻人嘴里说着低声下气的话，眼睛里也会对他流露出冷酷的怜悯。在生活中已经不再有什么可做的了，雄心大志毫无用处。还有珍妮那残酷的欺骗！做出那低三下四的样子来，而一直都在蔑视他！嘲笑他，现在又鼓动全市的人这样对待他。乔·斯塔克斯找不到话来表达这一切，但是他知道这种感受，因此他使出全身的力气狠揍珍妮，并把她从店里赶了出去。

---

① 原文为"The thing that Saul's daughter had done to David"：据《圣经》记载，扫罗（前11世纪）是古以色列第一代王。大卫（前11世纪至前962年），古以色列第二代国王，在公元前1000年左右建立统一的以色列帝国。大卫早年曾在扫罗王宫中供职，并娶扫罗王之女米甲为妻。扫罗将女儿嫁给大卫，意在加害于他。但米甲曾设计保护大卫。据《旧约·撒母耳记下》，大卫王将耶和华的约柜抬进城里，米甲在窗户里观看，见大卫在耶和华面前踊跃跳舞，心里非常蔑视，并出言讽刺说："以色列王今日在臣仆的婢女跟前露体，如同一个轻贱人无耻露体一样，有好大的荣耀啊！"两人的关系自此疏远。

8

从那天晚上起，乔迪把东西搬到楼下一个房间里就睡在那儿了。他并不真正恨珍妮，但他要她这样想。他爬开去舐自己的伤口。在店里他们话也不多。不知情的人会以为事情已经平息了，一切看上去是这样平静和安宁。但是这种平静是休战状态，因此必须想出新的念头，找出新的话来说。她不愿像这样生活，为什么乔可以时时刻刻这样对待她，而她让他丢了一次面子他就生这么大的气？乔这样对待她已经多年了。好吧，如果他们之间必须要保持一个距离，那也只好如此。乔迪说不定什么时候就可能消了气，不再像陌生人那样对待她。

同时她也注意到乔全身变得有多么松松垮垮，像一块熨衣板上挂着许多袋囊。他眼角下的肿泡垂在颧骨上，从耳朵上垂下的带毛的肿泡浮在腭下的脖颈上。软绵绵的肉囊从耻骨垂落，坐着时就搁在大腿上。但是就连这些东西随着时间的推移也像蜡烛油一样越耗越少了。

他还有了新交。过去他从不放在心上的人现在似乎备受青睐。他一向看不起草药郎中之类的人，但现在她看到一个从阿尔塔蒙特泉来的骗子几乎天天都要上门，她一走近他们就压低了声音，或干脆不出声了。她不知道驱使他的是一种困兽犹斗的希望，他希望在她眼中自己仍有着过去的躯体。草药郎中的事使她很是遗憾，因为她怕乔指望这个无赖给他治好病，而他需要的是个大夫，而且是个好大夫。他不吃饭，她很担心，后来才发现他让戴维斯老太婆给他做饭。珍妮知道自己做饭比老太太做得好得多，也比她干净。于是她买了牛骨给他做了个汤。

"不了，谢谢你，"他简短地对她说，"就这样我想好起来已经够难的了。"

她先是惊得目瞪口呆，后来感到很伤心，因此她径直去找她的亲密好友费奥比·华生，把一切告诉了她。

"我宁肯死也不愿让乔迪觉得我会伤害他，"她哭泣着对费奥比说，"我们俩之间并不是一切都那么愉快，你知道乔是如何崇拜自己亲手干的一切，但是在天之上帝知道我不会做任何伤害人的事。这样太卑鄙，太不光明正大了。"

"珍妮，我以为事情会过去，你永远不会知道这些：自从店里那桩事发生后，人们就在说乔给'斗败了'，是你干的事。"

"费奥比，很久很久以来我就觉得有什么东西在引鱼上钩，可是这事真——真——啊，费奥比！我该怎么办？"

"你没有别的办法，只能装不知道，现在你们俩散伙离婚已经太晚了，你就回家去，坐在你那大椅子上什么话也别说。反正谁也不会相信那些话的。"

"想想看，我和乔迪一起过了二十年了，现在还得担上要毒死他的恶名！费奥比，这简直是要我的命！我心里是一阵接一阵地悲痛。"

"这是那个自称足智多谋的大夫、其实是个一文不值的黑鬼为了讨好乔迪给他说的一通鬼话。他看出来他病了——好久了，谁都知道他病了，我猜他又听说了你们俩不和，他的机会来了。去年夏天他这只大蟑螂就打算在这一带卖大土蛇来着。"

"费奥比，我根本不相信乔迪信他那通鬼话，他从来也没相信过他的胡说八道。他假装相信，就为了让我伤心。我站着一动不动，拼命做出笑的模样，简直要死了。"

此后的许多个星期她常哭，乔渐渐虚弱得无法料理事情，卧床不起了。但他仍残酷地不许她进入他的病室。家中人来人往，人们用盖碗端来肉汤或其他供病人吃的食物，丝毫也不把她当乔的妻子对待。过去除了来干仆役的活外从未进过市长家院门的人现在大摇大摆以他的心腹的面目出入。他们来到店里，得意洋洋地察看她做的事，回到宅子里去向他报告。说什么"斯塔克斯先生需要有人代他照料照料，到他能起来自己照料时为止"。

但乔迪再也起不来了。珍妮让山姆·华生把病室里的情况告诉她，得知他所说的情况，她让他到奥兰多去请个医生来，她没有告诉乔她派人去请医生，因此他根本没有机会拒绝。

"就是个时间问题了，"大夫对她说，"一个人的肾脏停止了工作是不可能再活下去的。他两年前就该治疗，现在已经太晚了。"

于是珍妮开始想到死神。死神，这个住在遥远的西方有着巨大的方方的脚趾的奇特的存在。那居住在平台一样既无墙壁又无房顶的直立的房子里的巨大的存在。死神要掩护物干什么？什么风能吹向他？他站在他俯视世界的高屋中，整天全神贯注一动不动地站在那里，刀剑出鞘等待着使者来召唤他。他从有天地之前就已经站在那儿了，现在她随时都可能在院子里看到他翅膀上掉落的羽毛。她又悲伤又害怕。可怜的乔迪！不该让他独自在屋子里挣扎，她让山姆进去建议让大夫去看他，但乔拒绝了。这些用药治病的大夫对付正儿八经的病还行，可是对付他这病他们无能为力。一等那足智多谋的人找出埋藏着的对他的诅咒是什么，他的病就会好了。他根本不会死。他就是这么想的。但山姆告诉她的却是另一种情形，因此她知道是怎么回事。即使山姆没有告诉她，第二天早上她也会知道，因为人们开始聚集在大院子里的棕榈和楝树下，那些过去不敢涉足此地的人悄悄走进院子，但没有到房子里去。他们往树下一蹲，等待着。谣言这只无翅鸟的影子笼罩在小城上。

那天早上她起床时下定决心要到病室去和乔迪好好谈谈。但她独自坐了很久，墙从四面向她压来，四堵墙要把她挤压得透不过气来。她很怕在自己颤抖着坐在楼上时乔会辞世而去，这使她鼓起勇气，来不及喘过气就到了他的房里。她并未按预先想好的那样用随便的快活的态度打开话题，有个什么东西像牛蹄一样压住了她的舌头，而且这时乔迪，不，是乔，凶恶地看了她一眼，这一眼里充满了外层空间那无法想象的寒冷。她必须和一个在十倍于无限空间之外的人谈话。

他面对着门侧身躺着，好像在等待什么人或什么东西的到来，脸上有种变化不定的表情，眼光虚弱但仍很犀利。透过薄薄的床罩她可以看到他那原来腆出的大肚子缩在身前的床上，像个寻求庇护的无依无靠的东西。

洗得不干不净的床单使她为乔迪的自尊心难过，他向来都是那么干干净净的呀。

"你到这里来干什么，珍妮？"

"来看看你怎么样了。"

他发出一阵低沉的咆哮声，像躺在沼泽中将死的猪企图赶走对自己的干扰，"我到这间屋子里来为的是躲开你，可是看来没有用。出去，我需要休息。"

"乔迪，我来这里是要和你谈谈，我就是要谈。我这样做是为了咱们俩好。"

他又发出了低沉的咕哝声，慢慢翻身仰躺在床上。

"乔迪，也许我不是一个完美的妻子，但是乔迪——"

"那是因为你对人没有应有的感情，你应该有点同情心，你又不是一头猪。"

"可是乔迪，我本意是想待你好的。"

"我给了你一切，你却当众嘲笑我，一点同情心都没有！"

"不对，乔迪，这不是因为我没有同情心，我的同情心多得用不完，我根本从来没有机会来表示我的同情心，你从来也不让我表示。"

"对了，什么都怪我好了。是我不让你表示出感情来！珍妮，我所需要的、我所期望得到的正是感情！现在你却跑来责备我！"

"不是这么回事，乔迪，我不是到这儿来责备什么人的，我只想让你知道我是什么样的一个人，不然就来不及了。"

"来不及了？"他低低说道。

他的眼睛中充满了茫然与恐惧，她看到他脸上的惊恐神情，答道："是的，乔迪，不管那只大蟑螂为了骗你的钱对你说了些什么，你活不长了，快死了。"

从乔迪虚弱的身躯里发出了一声深沉的呜咽，像在鸡窝里敲击一只低音鼓，然后声音升高，像长号的尾声。

"珍妮，珍妮，别对我说我要死了，我不习惯这样想。"

"乔迪，其实你本来不会死的，要是你让——大夫——不过现在再提这些也没有用了，这正是我想要讲的，乔迪，你不愿意听。你和我一起生活了二十年了，可是你一点也不了解我。你本来是可以了解我的，可是你忙于崇拜自己亲手干的事情，在精神上粗暴对待人们，结果是许多本来可以看得见的东西你也看不见了。"

"离开这儿，珍妮，别上这儿来——"

"我就知道你不会听我说的。你改变一切但什么也改变不了你——就连死也没法使你改变。但是我不走出这个房间，我也不闭上嘴。现在在你死以前就得听我这么一次。你一辈子为所欲为，恣意践踏他人，然后宁死也不愿听人家讲这些。你听着，乔迪，你不是那个和我沿大路一起逃跑的乔迪了，你是他死后留下的躯壳。我随你逃跑是要和你一起过美好的日子，可你不满意我。不行，得把我自己头脑里的想法挤掉，好为你的想法在我脑子里留下地方。"

"闭嘴！但愿你遭天打五雷轰！"

"我知道。现在你快死了才明白，如果在这个世界上你想得到爱和同情的话，你就得不但安抚自己还要安抚别人，可你只安抚自己，从未试图去安抚别人。净忙着听自己说了算的声音了。"

"这通撕破脸的讲话！"乔迪低声说，脸上和胳膊上沁出了汗珠，"滚出去！

"所有这一切卑躬屈膝，一切对你命令的服从——我沿大路跑向你时想从你身上看到的可不是这个。"

从乔迪嗓子里传出争斗的声音，但他的眼睛不甘心地望着房间的一角，因此珍妮知道他并不是和她在进行这一场徒劳的斗争。那个方脚趾者的冰冷的剑已切断了他的呼吸，他的手尚在做着痛苦地抗议的姿态。珍妮使这双手平静地躺在了胸口上，然后久久地端详着死者的面孔。

"坐在统治者交椅里这差使对乔迪来说太残酷了。"她大声地咕哝道。多年来她第一次对他充满了怜悯。乔迪对她、对别人都很不好，但生活也粗暴地对待了他。可怜的乔！也许如果她知道有什么别的方法可以尝试的话，他的脸现在就不一定是这个样子了。但是她一点也不知道那别的方法会是什么。她思前想后，寻思不知是什么使人形成自己的看法，然后她想到了自己。多年以前她曾告诉年轻的自己在镜子中等待着自己，她很久没有记起这件事来了，也许她最好去看一看。她走到梳妆台前，仔细地看着自己的皮肤和容貌。年轻的自己已经消失了，但取而代之的是一个漂亮的妇人。她扯下头上的包头巾，让浓密的头发垂了下来。沉重的、长长的、光泽犹存的头发。她仔细审视了自己，然后梳好头，重又把头发扎了起来。这时她像上浆熨衣服般把自己的脸弄成人们想看到的模样，打开了窗户高叫道："你们大家来呀！乔迪死了。我丈夫离我而去了。"

9

乔的葬仪是奥兰治县的黑人见过的最壮丽的场面了，机动车拉的灵车，凯迪拉克和别克牌的小汽车，亨德森大夫坐着自己的林肯车，还有从四面八方来的成群的人。代表秘密教团的各种色彩，金色、红色、紫色，充满魅力与自得，各自具有未得真传的人连做梦也想象不到的权力与荣誉的象征。农场的人骑着骡子，小孩子骑在哥哥姐姐的背上。埃尔克斯乐队的人排列在教堂门前奏着"平安地在耶稣怀中"，鼓点节奏如此突出，那长长一列鱼贯进入教堂的人简直都能轻快地合着音调走。这位小镇闹市的小国王和他到来时一样是伸着权力之手离开奥兰治县的。

珍妮像上浆熨衣服般使面孔僵硬起来，戴上面纱来参加葬礼。面纱像一堵石与钢筑成的墙，葬礼在墙外进行，一切与死亡、埋葬有关的话都说了，有关的事都做了。完毕了，结束了，再也不会发生了。黑暗，深洞，消亡，永恒。外面是饮泣与哭号，在昂贵的黑丧服里面是复活与生命。她并未探向外界，死亡也未伸向她内心来破坏她的平静。她把自己的面孔送去参加乔的葬礼，她自己则随春天到世界各地去欢笑嬉戏。过了一会儿人们结束了仪式，珍妮便回家去了。

那天晚上她上床睡觉之前把所有的包头巾全都烧了，第二天早上在家里活动时，她的头发编成了一根粗粗的辫子，甩动着直垂到腰下。这是人们从她身上看到的唯一一变化。她按原来的方式经营店铺，只是在晚上她坐在门廊上听大家说话时，派赫齐卡亚去照料晚上来买东西的顾客。她看不出有什么理由要匆匆忙忙地做改变，她有整整下半辈子的时间由她自己随意支配。

白天她大多在店里，但晚上她在自己的大宅子里，有时在孤独的重压下房子整夜吱嘎作响，哭叫不停。于是她睁大眼睛躺在床上，向着孤独提出问题。她问自己是否想离开这里回到老家去设法寻找母亲，也许去照料外祖母的坟墓，总的说来就是重访往昔的踪迹。在这样挖掘自己内心的过程中，她发现自己对很少见面的母亲毫无兴趣，她恨外祖母，多年以来她向自己掩饰这一仇恨，将它包在怜悯的外衣下。过去她准备到天边寻找人，对世上的人来说，她能找到人们，人们能找到她，这是最重要的；但是她却像只野狗被鞭打，沿小路跑着去追逐东西去了。一切都依你如何看待事物而定，有些人眼睛看着烂泥水坑，可看见的是有大船的海洋。但阿妈属于另一类人，就爱鼓捣零碎废料。阿妈把上帝所造物中最大的东西——地平线拿来，捏成小到能紧紧捆住外孙女的脖子使她窒息的程度。地平线是最大的东西了，因为不管一个人能走多远，地平线仍在遥不可及的地方。她痛恨那位在爱她的名义下扭曲了她的老妇人。多数人其实并不彼此相爱，而她的这种恨极其强烈，就连共同的血缘关系也并不能战胜它。她在自己心灵深处找到了一块宝石，希望在人们能够看见她的地方行走，使宝石到处闪光，然而她却被当作等鱼上钩的鱼饵，放到市场上出售。当上帝造人时，用的是不停歌唱、到处闪光的材料。可是后来有的天使妒忌了，把人剁成了千百万块，可人仍然闪着光、哼着歌。于是天使又捶打他，他就只剩下了火星，但每一个小火星还是亮闪闪有自己的歌声。天使便把每个小火星涂上泥，小火星感到孤独，就互相寻找，可是泥层又聋又哑。和所有跌滚着的小泥球一样，珍妮曾试图让人们看到自己的闪光。

珍妮很快便发现，在南佛罗里达州做一个有钱的寡妇是件极难的事。乔迪死后还不到一个月，她便注意到过去与乔从无深交的男人远道驱车来问候她，并主动要求做她的顾问为她效力。

"一个女人孤零零的很可怜，"人们一再对她说，"她们需要帮助，上帝从来就没有打算让女人一切靠自己。斯塔克斯太太，你从来没有经受过捶打，从没需要靠自己过，你一直受到很好的照料。你现在需要有个男人。"

珍妮对这些好心人感到好笑，因为她知道，他们知道许多女人都是独自生活的，她不是他们看到的第一个，但别的那些女人大多很穷。而且她也愿意变换一下，独自过一过。这种无拘无束的感觉太妙了，这些男人并不代表任何她想了解的东西，她通过洛根和乔已经对他们有了体会。他们坐在那儿向她咧着嘴嘻嘻笑，拼命想装着充满了爱情的样子，她真想打他们几巴掌。

一天晚上艾克·格林幸运地碰到她独自在店里，便严肃地坐到商店回廊上她的一只木箱子上。

"斯塔克斯太太，你要嫁谁可得谨慎一些。这帮陌生人往这儿跑，想在你这种情况下占你的便宜。"

"嫁人！"珍妮差点尖叫了起来，"乔还尸骨未寒呢。我连想也没想过嫁人的事。"

"可是你总会想到这件事的，你年纪还轻，不可能不嫁人，你长得太漂亮，男人不会不来纠缠你。你肯定会结婚的。"

"我可不希望是这样。我的意思是说，眼下我还没有考虑这个问题。乔死了还不到两个月，还没在坟里安下身来呢。"

"你现在是这么说，再过两个月你唱的调子就会不同了。那时候你得谨慎一些，女人很容易上当的。你知道，不要让老在这里坐着不走的这些整天游荡的黑鬼摸清你的心思。他们一旦看见装满食物的食槽就和一群猪一样。你需要一个你十分了解的、一直住在你附近的男人来经管你的事，照料一切。"

珍妮跳身站起，"上帝呀，艾克·格林，你可真是个怪人，讨论你提出的这件事根本就不合适，我要进去帮赫齐卡亚给刚到的那桶糖过过秤。"她冲进店里，向赫齐卡亚低声说道，"我回宅子里去了，等那老尿床货走了就告诉我，我马上再回来。"

六个月穿黑衣的服丧期过去了，追求她的人连一个也没能走上宅子的回廊。有时珍妮在店里又说又笑，但似乎从不打算越过这种关系。她感到很快活，只有店铺使她不高兴。理智告诉她她是商店的唯一主人，可她却似乎总感到她还是乔的店员，不久他就会走进来，挑出她做过的事中的毛病。第一次收房租时她几乎对住户道起歉来，她感到自己侵占了别人的东西。但她为了掩盖这一感情，派了赫齐卡亚去。这个十七岁的孩子尽其所能模仿乔，乔死后他甚至抽上了烟，而且是雪茄烟，他力图像乔那样将雪茄烟嘴的一侧紧紧咬住。只要一有机会他就向后仰坐在乔的转椅中，拼命向前挺着他那瘦瘦的肚子，好使它凸出来。她总是对这种无伤大雅的装腔作势暗自一笑，假装没有看见。有一天她迈进店铺的后门时听见他冲着特里普·克劳弗德大嚷大叫："不行，真是的！我们不能干这种事！老天，你已经吃到肚子里去的上一回买的食物还没付钱呢。老天，你有多少钱就从这个店里买多少东西，多一点也不给你，老天，这儿不是佛罗里达州白给县，这儿是伊顿维尔。"另外有一次她无意中听到他用乔的口头语指出他自己和城里那帮过着无忧无虑的日子、爱嚼舌头的人的区别，"我是个受过教育的人，我自己的事自己掌管。"她听后笑了出来。他的这种做作于人无损，而她也离不开他，他意识到了这一点，开始拿她像小孩子一样对待，似乎在说："你这个小可怜，交给大哥哥吧，他会给你弄好的。"他的主人翁感使他诚实可靠，除了偶尔还会拿块硬糖或一包甘草糖之外。这甘草糖是当着别的男孩子和小姑娘的面假装嘴里有酒气，需要吃块糖来盖过酒气时才吃的。经营商店和管理女店主这个营生让人的神经太紧张了，时不时地他需要有点烈性酒使他能支持下去。

当珍妮穿上白色丧服后，本城和外地来了大量求婚者，一切都是开诚布公地进行的，其中也有阔人，可是没有一个人的足迹能超出商店。她总是忙得很，没有时间请他们到家里去。他们对她毕恭毕敬，简直她就是日本国的女皇。他们觉得对约瑟夫·斯塔克斯的未亡人提及欲念是很不恰当的，都只谈荣誉与敬意。他们所说与所做的一切都在她漫不经心的态度的折射下归入了空无。她和费奥比彼此互相拜访，偶尔坐在湖边垂钓。她大多数时间都沉浸在自由的快意之中，不需进行任何思考。桑福特的一个殡葬管理人通过费奥比向她带话，珍妮愉快地听着但丝毫不为所动。就这样嫁他也许不错。甭着急，这种事情考虑起来需要时间，或者说这是她给费奥比的托辞。

"倒不是因为我仍在为乔的死苦恼，费奥比，我就是爱这自由自在的生活。"

"嘘——！别让人家听见你说这种话，珍妮。人家会说他死了你一点也不难过。"

"让他们爱说什么就说去，费奥比，我认为居丧的时间不应长于感到悲伤的时间。"

10

有一天，赫齐卡亚请假去看球赛，珍妮让他不用急着赶回来，就这么一回她可以自己把店门关上。他提醒她注意门窗上的挂钩，然后便大摇大摆地向冬园走去。

那天一整天生意都很清淡，因为不少人都看球去了。她决定早早关店，因为在这样的一个下午不值得开着门了，她决定最迟六点就关门。

五点半的时候一个高个子男人走进店来，这时珍妮正靠在柜台上用铅笔在一张包装纸上瞎画一气。她知道自己并不知道此人的名字，但是他看上去有些面熟。

"晚上好，斯塔克斯太太。"他顽皮地笑着说，好像俩人一起高兴地开玩笑。她似乎在听到那使他发笑的故事之前就已经爱上了那个故事。

"晚上好，"她快活地回答道，"你占上风了，因为我不知道你的名字。"

"人们都认识你，可不认识我。"

"我猜想站柜台确实会为附近的人所认识。我好像在哪儿见过你。"

"我住在奥兰多一带，几乎每个白天晚上都很容易在教堂街看到我。你有烟吗？"

她打开玻璃柜子，"什么牌儿的？"

"骆驼牌。"

她把香烟递给他，接过了钱。他打开包，把一支烟塞在丰满的紫色嘴唇间。

"你有一点点火吗，夫人？"

他们俩都笑了，她从专门供顾客点烟用的一盒粗头火柴中拿出两根给他。他该走了，但他并没有走，他用一只胳膊肘撑着身子斜靠在柜台上，冷静的眼睛往上瞟了她一眼。

"你为什么不去看球赛？别的人都在那儿。"

"嗯，我看除了我还有个人没在那儿，刚买了一包烟。"他们又笑了起来。

"那是因为我太笨，把事情弄混了，我以为球赛是在亨格福特，所以我搭车到这条路和迪克西公路交叉处，走路到这里来，才发现球赛是在冬园。"

俩人都觉得这事很好笑。

"那你现在怎么办？伊顿维尔的汽车全都开走了。"

"咱们下跳棋①怎样？看上去要赢你还不容易。"

"没错，因为我一点都不会。"

"那你不爱下棋啦？"

"爱下，不过我也不知道爱不爱下，因为从来没人教过我怎么下。"

"今天是你用这个借口的最后一天。你这里有棋盘吗？"

---

① 西洋跳棋，二人玩，每人 12 个子，棋盘共 64 格，每次只能斜着进一个格，如果一个子能走到底，即成王。棋子被吃掉或无路可走时算输。

"有的，这儿的男人都爱下跳棋，就是我从来没有学会。"

他摆上棋，开始教她下，她觉得自己心里热烘烘的，有人要她下棋，有人认为她下棋是件很自然的事，甚至还是件很好的事。她上下打量着他，他的每一个好的地方都使她微微激动。他的那双圆圆的懒洋洋的眼睛，睫毛翻卷如拉开的弯刀，他瘦而垫得太高的双肩和窄窄的腰。真不错！

他吃她的王了！她尖叫着抗议失去了花这么多劲儿才得到的这个王，她自己都不知道就一把抓住了他的手不让他拿走它，他挺有风度地从她手中挣脱出来，也就是说，他挣扎了，但没有使劲到扭痛一位女士的手的地步。

"我有权吃掉它，你把它放在我正吃的地方啦。"

"是的，可是你下的时候我在看别处，你就把棋子走到我的棋子边上了，这不公平！"

"你本来就不该往别处看，斯塔克斯太太，下棋最要紧的就是要全神贯注！放开我的手。"

"不，先生，你不能吃我的王，你可以吃掉别的子，可是不能吃这个。"

他们争抢着，打翻了棋盘，大笑了起来。

"不管怎么说该喝点可口可乐了，"他说，"我以后再来教你。"

"来教我行，来诈我可不行。"

"你没法赢女人，她们就是输不起。不过我还会来教你的，过一阵子你就会是个下棋的好手了。"

"你这样想吗？乔迪总是对我说我永远也学不会，我没有那么好的脑子来学。"

"有的人下得好，有的人下得不好，可是你脑瓜好使，你会学会的。我请你喝杯冷饮。"

"啊，好吧，谢谢你。今天冰好的饮料特别多，没人来买，都去看球赛去了。"

"下次赛球你应该去看，要是别人都去了，你待在这里也没有用，你自己不买自己的东西吧？"

"你这个疯子！当然不买，不过我有点替你担心。"

"为什么？怕我不付这些冷饮的钱吗？"

"啊，不是的！你怎么回家呀？"

"在这附近等便车，要是没有，我鞋底皮子很结实，反正只不过七英里路，用不了多久我就能走到。容易得很。"

"要是我就等着坐火车，七英里走起来可有点远。"

"对你是远，因为你不习惯走路，可是我见过有的女人走的路比这还远，如果你非走不可，也能走到。"

"也许，不过只要我有买火车票的钱，我就坐火车。"

"我用不着像个女人那样得有一口袋的钱才去坐火车，我要是想坐就去坐，不管有钱没钱。"

"你可真行啊，嗯……你还没有告诉我你叫什么名字呢。"

"没错，我没觉得有这个必要。我妈给我起的名字叫韦吉伯·伍兹，他们为方便叫我甜点心。"

"甜点心，这么说你像甜点心那么甜了？"她笑了。他眼光犀利地看了她一眼，看她到底是什么意思。

"也许名实不符，你最好自己尝尝就知道了。"

她又像是笑又像是皱了皱眉，他端正地戴上了帽子。

"看来我失礼了，最好还是走吧。"他装模作样地踮着脚尖偷偷往门那儿走去，然后脸上带着迷人的笑容回头看了她一眼。珍妮忍不住笑了出来，"你这个疯子！"

他回过身来把帽子扔在她的脚下。"要是她不把帽子向我扔来，我就冒险再转回来。"他声明说，一面做出样子假装自己躲在一根灯柱后面。她拾起帽子，笑着向他扔了过去，"就是她有块砖也砸不痛你，"他对无形的伙伴说，"那位夫人没有扔的本事。"他向伙伴说着从想象的灯柱后走了出来，放下大衣和帽子走回到珍妮身边，好像他刚进店门。

"晚上好，斯塔克斯太太，你能让我赊一磅手糕①吗？我星期六一定付钱。"

"你需要十磅，甜点心先生，我把所有的都给你，你不用费心还钱。"

他们开着玩笑，直到人们开始回来，然后他坐下来和大家又说又笑，直到商店关门的时候。当别人都走了以后，他说："看来我待的时间太长了，不过我想你需要有人帮你关店门，既然没别人在场，也许我能得到这个差使。"

"谢谢你，甜点心先生，这活我干是有点费劲。"

"谁听说过有人管一块甜点心叫先生的！要是你真想表示尊贵称我作伍兹先生，那是你的想法；要是你想友好一些称我作甜点心，那就真是太好了。"他一面说着一面把窗子关上插好。

---

① 用拳头打一顿。原注。

"那么好吧，谢谢你，甜点心。怎么样?"

"就像一个小姑娘穿上了复活节穿的漂亮衣裳，真好!"他锁上了门，又来回推了推以保万无一失，把钥匙交给了她，"走吧，我送你回家进了门就走迪克西公路回去。"

珍妮沿两旁长着棕榈树的小道走出一半去才突然想起自己的安全来，说不定这个陌生男人在打什么主意!但是在商店和家之间的暗地里可不是一个表现自己的恐惧的地方，而且她的胳膊还被他攥着呢。然而很快恐惧便消失了，甜点心不是陌生人，她好像一直就认识他，你看她一下子就能和他谈得来。他在门口向她脱帽致意，极简短地道了晚安就走了。

因此她坐在回廊上望着月亮升起。很快它那琥珀色的流光就浸透着大地，解除了白日的干渴。

11

珍妮很想向赫齐卡亚打听打听甜点心，但又怕他误会，以为她对他感兴趣。首先他看上去年纪太轻，保准只有二十五岁左右，而她已经快四十了。而且看样子他没什么钱，说不定他在她周围出没，想得她欢心，把她所有的钱都搞走。如果以后再见不到他，也挺好。也许他是那种和各种女人同居但从不结婚的男人。事实是，她决定如果他真的再来这地方，她一定极其冷淡地对待他，使他以后再不会出没于此。

他不多不少正好等了一个星期才回来领受珍妮的冷落。那是午后早些时候，只有她和赫齐卡亚在店里，她听见有人哼音乐，好像在找准调子，便向门口看去。甜点心站在那里装着在调吉他，他皱着眉头，鼓捣着想象中的吉他的弦钮，斜眼看着她，脸上隐约出现那神秘的玩笑神情。她终于还是笑了，他就唱中 C 调，把"吉他"夹在一只胳膊下面，走到她的面前。

"晚上好①，各位，我想你们今晚也许想听点音乐，所以我把吉他带来了。"

"疯子！"珍妮眉开眼笑地评说道。

他对这夸奖报以微笑，然后在一只箱子上坐下，"谁陪我喝

---

① 实际是下午，甜点心故意说成晚上好，以示风趣。

杯可口可乐呀？"

"我刚喝过。"珍妮在良心上姑息了自己的谎言。

"还得重新再喝，斯塔克斯太太。"

"为什么？"

"因为上次喝得不对。卡亚，从盒子最底下给我们拿两瓶来。"

"甜点心，从上次见到你以后日子过得怎样？"

"没什么可抱怨的，还行。干了四天的活，工钱装在口袋里了。"

"那么咱们这儿来了个阔人了，这星期买旅客列车还是战舰？"

"你要哪个？全在你了。"

"啊，要是你送给我，我想我就要旅客列车吧，要是爆炸了我还是在陆地上。"

"要是你真正想要的是战舰，你就挑战舰。我现在就知道哪儿有一艘。那天在基韦斯特我看见了一艘。"

"你怎么搞到它呢？"

"哼，那帮舰队司令们都是些老头子，要是你想要船，无论哪个老头子也没法阻止我给你搞条船。我会从他身下把战舰搞出来，麻利得能让他像老彼得①那样连知都不知道就在水面上走了。"

---

① 彼得，耶稣十二门徒之一。据《新约·马太福音》，耶稣曾于风浪中行走于水上，门徒看见惊慌，彼得说："主，如果是你，请叫我从水面上走到你那里去。"耶稣说："你来吧！"彼得就从船上下去，在水面上走。

他们又下了一晚上跳棋，大家看到珍妮下棋都很吃惊，但是他们挺赞成的。有三四个人站在她背后给她出主意，有分寸地和她逗乐子。最后除了甜点心别人都回家了。

"你关门吧，卡亚，"珍妮说，"我要回家去了。"

甜点心在她身旁走着，这一次走上了门廊。于是她请他坐下，他们有事没事就大笑一通。快十一点钟时她想起来她留着的一块蛋糕，甜点心到厨房外拐角处的一棵柠檬树前摘了几只柠檬替她挤柠檬水，因此他们还喝了柠檬汁。

"月亮太美了，这样的晚上睡觉太可惜了，"他们洗完碟子和杯子后甜点心说，"咱们去钓鱼吧。"

"钓鱼？半夜三更的？"

"嗯哈哈，钓鱼，我知道鳊鱼在哪儿过夜，今天晚上从湖边过来的时候我看见了。你的钓鱼竿呢？咱们到湖边去。"

就着灯光挖蚯蚓，过了午夜出发去萨伯拉湖，简直是疯了，她觉得像个犯规的小孩。珍妮也正因此才喜欢这样做。他们钓了两三条鱼，在天快亮时回到家里。然后她又不得不把甜点心从后门偷偷送出去，这使得这件事好像是瞒着城里人的一件大秘密。

"珍妮夫人，"第二天赫齐卡亚绷着脸说，"你不该让那个甜点心送你回家，要是你害怕，以后我自己来送你。"

"甜点心送怎么啦，卡亚？他是个贼还是怎么的？"

"我从来没有听见人说过他偷东西。"

"他是不是身带刀枪伤人？"

"人们也没有说他用刀伤过人或开枪打过人。"

"那么，他是不是——他——他是不是有老婆或者什么的？

其实这不关我的事。"她屏息等待着回答。

"没有，太太，谁也不会嫁给他去饿死，除非是个和他一样的人，没有过过好日子。当然，他衣服总是换得干干净净的。那长腿甜点心可是个穷光蛋，他不该和像你这样的人结交。我说了我要对你说这件事，好让你知道。"

"啊，没关系，赫齐卡亚，太谢谢你了。"

第二天晚上她走上家门台阶时甜点心已先到了，坐在黑暗的门廊上。他提了一串新抓的鳟鱼来送给她。

"我来收拾鱼，你来炸，咱们好吃。"他带着不会被拒绝的自信说道。他们到厨房去做好了鱼和玉米松糕，吃了起来。然后甜点心连问也不问就走到钢琴前开始边弹边唱黑人伤感民歌，并且不时回过头来笑笑。乐声使珍妮沉入温柔的睡乡，她醒来时甜点心在给她梳头发，把头皮屑给她抓掉，这使她感到愈加舒服和困倦。

"甜点心，你从哪儿弄来的梳子给我梳头？"

"我带来的，今晚来的时候就做好了准备要摸摸你的头发。"

"为什么，甜点心？梳我的头发对你有什么好处？是我觉得舒服，不是你觉得舒服。"

"我也觉得舒服。我一个多星期都没睡好觉，就因为我特别想把手埋在你的头发里。简直是太美了，就像把脸贴在鸽子翅膀下面一样的感觉。"

"哼！你倒是挺容易就满足了，从我呱呱落地第一声啼哭起同样的头发就贴着我的脸，从来也没有使我感到激动过。"

"我也要像你对我说的那样对你说——你太难满足了。我敢打赌你的嘴唇也不能使你满意。"

"对了，甜点心，它们就在这儿，需要的时候我就用它们，没有什么特别的。"

"哼！哼！哼！我敢打赌你从来也不到镜子前去欣赏自己的眼睛，你让别人从中得到一切享受，自己一点也没有。"

"不，我从来不在镜子里盯着它们看。要是别人看着它们感到愉快，还没有人告诉过我。"

"你看见啦？你的罐子里装着世界，却装作不知道。我很高兴由我来告诉你这一点。"

"我猜你对许多女人都这样说。"

"对于异教徒来说我是使徒保罗，我不但告诉他们，而且还显示给他们看。"

"我猜就是这么回事。"她打了个呵欠，准备从沙发上站起来，"你给我抓头抓得我困得都快走不到床跟前去了。"她拢着头发一下子站了起来。他一动不动地坐着。

"不，你不困，珍妮夫人，你就是想让我走。你琢磨着我是个无业鬼混的人，一个男妓，你和我聊天已经浪费了够多的时间了。"

"怎么啦，甜点心，你怎么会有这个想法？"

"在我说我干了些什么的时候你看我的那眼光、你的脸色吓得我胡须都立了起来。"

"你干了什么说了什么与我无关，我生什么气？你全误会了，我根本没有生气。"

"我知道，所以才觉得羞愧。你讨厌我，你的脸一下子就疏远了，不，你没有生我的气，你要是生气我就高兴了，因为那样一来我就可以做使你高兴的事了，可是像现在这样——"

"我喜欢什么不喜欢什么，对你都不应该有什么关系，甜点心，你女朋友的爱憎才有关系。我只是你偶尔会会的朋友罢了。"

珍妮缓慢地向楼梯走去，甜点心仍坐在原处，像是冻在座位上了，害怕他一旦站起就再也回不到这个椅子上似的。他强压住感情，看着她走去。

"我本来不想让你知道的，至少眼下不想让你知道，可是我宁愿挨小钉子扎也不愿让你像刚才那样对待我。"

珍妮在楼梯顶端的柱子前猛转过身来，刹那间她的脸容光焕发，变了样子，但她继而又清醒过来：他只不过是眼前随口乱说罢了，他觉得自己迷住了我，所以我会相信他的话。随之而来的下一个想法把她深深埋葬在了冰冷的悲观之中：他是在利用比我年轻这一点，准备把我当老傻瓜来笑话呢！但是，啊，要是能年轻十二岁，因此能够相信他所说的话，要我付出什么代价都行！

"啊，甜点心，你今晚说这些话是因为鱼和玉米松糕味道还不错。明天你就不这样想了。"

"不会的，我自己明白。"

"反正从咱们在厨房时你对我说的来看，我差不多比你大十二岁呢。"

"我都想过了，也和自己斗争了，但没有用。想到我自己的年轻并不能像和你在一起时那样使我感到满足。"

"甜点心，对大多数人来说这可事关重大。"

"这类事情只是出于是否恰当的考虑，但与爱情无关。"

"好吧，我很想知道明天天亮时你是怎么想的，这只是你夜晚的想法。"

"你有你的想法，我有我的想法，我赌一块钱，你的想法是错的。不过我猜你从来不用钱打赌的。"

"到现在为止还没有过，但是正如老人们常说的，我生到世上来了，尚未死去，谁也不知道我以后会干什么。"

他突然站起身来，拿起帽子，"晚安，珍妮夫人，看来咱们的话题从草根到树尖已经谈尽了。再见。"他几乎跑着出了门。

珍妮站在楼梯头的柱子前想了很久很久，就差没在那儿睡着了。但是在她上床睡觉之前，她好好看了看自己的嘴、眼睛和头发。

第二天一整天，在家里和店里，她都想着抗拒甜点心的念头，她甚至在心里奚落他，觉得与他来往有点丢脸，但每隔一两个小时这场仗就得重新在心里打上一次，她实在无法使他显得和别的男人一样，他就像女人在心中对爱情的憧憬，他会是花儿的蜜蜂——是春天梨花的蜜蜂，他的脚步似乎能将世界挤压出芳香来，他踏下的每一步都踩在芳香的草上，他周围充溢着香气，他是上帝的宠儿。

那天晚上他没有来，她躺在床上，假装在心里藐视地想到他，"打赌他又在哪个酒店里鬼混了，幸亏我对他很冷淡。我要一个流落街头一文不值的黑鬼干什么？打赌他和哪个女人同居，把我当傻瓜了。很高兴我及时控制住了自己。"她努力这样安慰自己。

第二天早上她醒来时听见有人敲前门。是甜点心。

"你好，珍妮夫人，我希望我把你吵醒了。"

"没错，甜点心，进来，放下帽子。今天你这么早出来干吗？"

"我想我早点到这里好告诉你我白天的想法，我看到你需要知道我白天的感情。我没法在晚上使你体会到这一点。"

"你这个疯子！你大清早来就是这个原因吗？"

"当然，你需要有人告诉你，还要显示给你看，我就是要这样做。我还采了些草莓，猜你也许会爱吃。"

"甜点心，我得声明我不知道该怎么看你，你真够疯的，还是让我给你弄早饭吧。"

"没时间了，我得去干活，八点得回到奥兰多，再见，到时候再对你直说。"

他冲下小路走了。但那天晚上她从店里回家时，他躺在门廊的吊床上，帽子盖在脸上装睡。她叫他，他假装听不见，呼噜打得更响了。她走到吊床前去摇他，他一把抓住她，把她拉到吊床上。过了一会儿，她听任他用胳膊把她搂住，就这样躺了一阵子。

"甜点心，不知你饿不饿，我可是饿了，来，咱们吃点晚饭。"

他们走进屋子，笑声先从厨房传出，后来房子里到处传出了笑声。

第二天早上珍妮醒来时甜点心吻得她几乎喘不过气来。他搂着她，爱抚她，好像是怕她会从他手中逃出飞走。然后他必须匆匆穿衣免得干活迟到。他不许她给他弄早点，他要她多睡一会儿，让她仍躺在床上，她心里很想给他弄早点，但她一直在床上躺到他走后很久才起来。

从毛孔中散发出这样多的气息，甜点心还在屋子里，她能够感觉到他的存在，甚至几乎能看到他在房间里空气的上层中奔忙。她就这样一动不动地让幸福感充溢全身，过了很久她下床打开了窗子，让甜点心跳了出去，随风上了重霄。一切就从这里开始了。

下午冷静下来以后，地狱中专门派往情人身边去的魔鬼来到了珍妮耳边。疑虑，这类情况下可能出现的一切恐惧，以及心中深深的感情从四面八方向她袭来。这对她来说是一种新的感受，但对她折磨也更甚。要是甜点心能使她确信无疑就好了！他当晚没有来，第二天晚上又没有来，于是她跌入了万丈深渊，落到光明从未射进过的九重黑暗之中。

但是第四天下午他开着一辆遍体鳞伤的旧车来了。像只鹿一样跳下车，做出将它拴在商店门廊柱上的样子，满脸笑意。她又爱他又恨他。他怎么能使她如此痛苦之后又这样可爱地笑吟吟地来到这里？他进门时捏了捏她的胳膊。

"我带了样东西来好把你运走，"他带着那暗笑的神情对她说，"你要是想戴帽子就去拿一顶，咱们得去买食品。"

"我就在这个店里卖食品，甜点心，要是碰巧你不知道的话。"她拼命想做出冷淡的样子，但却情不自禁地笑了。

"不是我们在这个场合下需要的食品。你是卖给一般人的，我们要专为你买。明天是主日学校的盛大的野餐会，我打赌你把这事给忘了，咱们得带一大篮好吃的去参加。"

"那可不一定，甜点心。我告诉你怎么办，你先回家去等我，我马上就去。"

一等她觉得可以了，她就从后门溜出来找甜点心去了。用不着欺骗自己。可能他只不过是出于礼貌而已。

"甜点心，你真想让我和你一起去参加野餐会吗？"

"我费了好大劲才弄到了钱好带你去。整整两个星期玩命干活，可她倒来问我想不想让她去！费了九牛二虎之力才搞到这辆车，为的是你好到冬园或奥兰多去买你需要的东西，可是这个女人坐在那儿问我想不想让她去！"

"别生气，甜点心，我只是不愿意你出于礼貌才这么干。如果你想带别人，我不会见怪的。"

"不，你会见怪的，不然你就不会说这话了。你得有胆量说出真心话。"

"那好吧，甜点心，我非常想和你一起去，但是，啊，甜点心，你可别骗我！"

"珍妮，要是我说谎，希望上帝处死我。世界上谁也没法和你相比，宝贝，你掌握着天国的钥匙。"

12

　　那是在野餐会以后，城里人才开始注意到他们的事并气愤起来。甜点心和斯塔克斯市长太太！所有的男人尽她挑，可她却和甜点心这样的人鬼混！更有甚者，乔·斯塔克斯死了只不过才九个月，她可倒好，穿着粉红的亚麻布衣服大摇大摆地参加野餐会去了。和从前一样，不去做礼拜了。和甜点心一起开汽车去桑福特，她穿着一身天蓝色的衣服！真丢人。穿上了高跟便鞋，戴十元钱一顶的帽子！看着像个年轻姑娘似的，老是穿蓝颜色的衣服，因为是甜点心让她穿的。可怜的乔·斯塔克斯，打赌他在坟墓里天天不得安宁。甜点心和珍妮去打猎了。甜点心和珍妮去钓鱼了。甜点心和珍妮去奥兰多看电影了。甜点心和珍妮去跳舞了。甜点心在珍妮的院子里做花坛，给她的菜园撒籽了。把餐厅外她一直都不喜欢的那棵树给砍了。具有一切着了迷的迹象。甜点心用借来的汽车教珍妮开车。甜点心和珍妮下跳棋，玩碰对牌戏，整个下午都在商店的门廊上玩佛罗里达牌戏，就好像别人都不存在似的。一天又一天，一星期又一星期，都是这样。

　　"费奥比，"山姆·华生一天晚上上床时说，"看来你那位好朋友是和那个甜点心好上了，开始我还不信呢。"

　　"啊，她没有那个意思，我想她是有点爱上桑福特的那个管殡葬的人了。"

"反正有个什么人，因为近来她漂亮得很，穿新衣服，头发差不多一天一个样式。总得有原因才梳头梳得这么起劲。你要是看到一个女人这样，她准是为哪个男人在梳。"

"当然，她愿意怎样都可以，但桑福特那头是个好机会，那人死了老婆，他有一所漂亮的房子给她住，家具等等已经一应俱全，比乔留给她的房子好。"

"那么你最好还是让她明白明白事理，因为甜点心只会帮她把她的钱花光，我估计他为的就是这。把乔·斯塔克斯辛辛苦苦积攒下来的钱浪费掉。"

"看起来就是这么回事，不过她的事情由她自己做主，到现在她也该知道自己想干什么了。"

"今天男人们在林子里谈论这件事呢，把她和甜点心都骂得够呛，他们琢磨着现在他在她身上花钱，为的是让她以后在他身上花钱。"

"哼！哼！哼!"

"啊，他们全都琢磨出来了。也许不像他们说的那么糟，可是他们谈着，把她说得够糟的。"

"那是出于妒忌，不怀好意。就是他们这些男人，有的正想干他们说甜点心在干的事。"

"牧师说甜点心只是偶尔才让她去教堂，因为他要用她做礼拜时捐的零钱来买汽油。简直就是让那女人脱离教堂。不过她是你的知心朋友，所以你最好去看看，了解了解她怎样了。时不时地稍稍暗示一下，要是甜点心想搞她的钱，她就可以看得出来，就会知道。我觉得这女人很好，不愿看到她落到泰勒太太那一步。"

"啊，上帝，那可不行！看来我最好明天过去和珍妮聊聊。她根本没有想到自己在干些什么，就是这么回事。"

第二天上午，费奥比像一只走到邻居家花园里的母鸡那样拣路而行来到珍妮家。她停下来和遇见的每一个人谈谈，有时在一两家门廊前停下转过身去说几句话，她目标明确，但不一直前去，这样她打算做的事看上去像偶然的行动，而且她也不用沿路对人说明自己的意思。

珍妮看到她表现得很高兴，过了一会儿费奥比提起了这个话题："珍妮，大家都在说甜点心把你拉到你过去很少去的地方，垒球赛啦，打猎啦，钓鱼啦。他不知道你习惯于比较上流的社会。你向来是不与一般人为伍的。"

"乔迪使我不与一般人为伍，我不愿这样。不，费奥比，甜点心并没有把我拉到我不想去的地方。我一直都希望走遍各处，可是乔迪不让。我要是不在店里时，他要我两手攥着就那么坐着。我坐在那里，墙从四面向我逼来，把我的生命活力全部挤压光。费奥比，那些受过教育的女人有许多事需要坐下来考虑，有人告诉了她们坐下来干些什么，可是没有人对可怜的我说过，所以要我坐着我很发愁，我希望好好利用利用自己的每个部分。"

"不过珍妮，虽说甜点心不是个囚犯，他可是一文不名啊。你不怕他是冲着你的钱来的吗——他比你年纪轻啊！"

"他还从来没向我开口要过一个子儿呢，而且假如他爱财，他和我们大家也没有什么不同，在我周围坐着的那些老头子图的全是一样的东西。城里还有另外三个寡妇，他们为什么不为她们去拼命？因为她们一贫如洗，就是这个原因。"

"大家看见你穿着鲜艳的衣服出来，觉得你没有对你死去的丈夫表示足够的尊敬。"

"我不觉得伤心，为什么需要服丧？甜点心喜欢我穿蓝衣服，所以我就穿蓝衣服。乔迪活着的时候从来没有替我挑出个颜色来。世俗选择服丧的人穿黑或白，乔没有做出这个选择，所以我不是为他穿，而是为你们大家在穿孝。"

"总之吧，注意着点，珍妮，别上人当。你是知道这些年轻人和比他们大的女人交往是怎么回事的。大多数时候他们能搞到什么就搞，然后就像钻进玉米地的火鸡一样无影无踪了。"

"甜点心不这么说，他要和我过一辈子，我们已经决定要结婚了。"

"珍妮，你的事情由你自己做主，我希望你知道自己在做些什么，我希望你不要像只老鼠那样，年纪越大越糊涂。要是你和桑福特的那个人结婚我会觉得好得多，他有钱，和你的钱放在一起，这要好得多。和他在一起长远。"

"可是我还是情愿和甜点心在一起。"

"好吧，如果你已经拿定主意，谁也没有办法。不过你冒挺大的风险。"

"不比我过去冒的险大，也不比任何一个人结婚时冒的险更大。结婚总是使人产生变化，有的时候把这个人自己都不知道在自己身上存在着的肮脏卑鄙的一切都显露了出来。这你是知道的，也许甜点心也会变成这样，也许不会，反正我做好了准备，愿意试他一试。"

"那么你打算什么时候结婚？"

"我们还不知道呢，先得把商店卖掉，然后我们一起离开这儿到个什么地方去结婚。"

"你为什么要把店卖掉？"

"因为甜点心不是乔迪·斯塔克斯，如果他想做乔迪那样的人的话，准会搞得一塌糊涂。我一和他结婚，大家就会做比较了，所以我们要到别的一个地方去，按甜点心的方式重新开始生活。我们这不是做买卖，不追求金钱和名位，我们这是爱情的追求。我按外祖母的方式生活过了，现在我打算按自己的方式生活了。"

"你这么说是什么意思，珍妮？"

"她出生在农奴制的时代，那时候人们，我是指黑人们不能什么时候想坐下来就坐下来，所以能像白人太太那样在门廊上一坐，对她说来显得是件特别好的事，她就希望我能这样，不惜任何代价，爬上高椅子，坐在里面。她没有时间去考虑，你爬上了那椅子没有事干时怎么办，她的目的就是坐上去，所以我就像她嘱咐的那样爬上了高椅子，但是费奥比，我在那上面差点都要枯萎死去了，我觉得世人已经在叫喊号外了，可我连一般消息还没有读到呢。"

"也许是这样，珍妮，但是我很想能过上一年这样的日子，从我所处的地位来看那像是天堂了。"

"我猜是这样。"

"不过珍妮，你在卖店、和陌生男人到别处去等事情上还是要小心些，你看看安妮·泰勒的遭遇，把她有的那点钱全带上和那个他们叫他'谁扔的'的小伙子去了坦帕。这事值得你好好考虑考虑。"

"是的，不过尽管如此，我不是泰勒太太，甜点心也不是'谁扔的'，他对我来说也不是个陌生人。我们现在已经和结了婚一样了。可是我不是在大街上宣扬这事，我只是在对你说。"

"我和只鸡一样，鸡喝水但是不撒尿。"

"啊，我知道你嘴紧。我们并不是觉得丢人，只是还不想大肆宣扬而已。"

"你不告诉人是对的，不过珍妮，你可冒着很大的风险呢。"

"不像看上去那么危险，费奥比。我比甜点心大，这是事实，但他让我认识到年龄的区别主要在思想上，如果人们想法一样，年龄上的差别就没有关系。因此在开始的时候得有新的想法、新的语言。我习惯了以后，我们相处得非常好。他重新又教会我少女的语言了。你等着看甜点心给我挑的结婚穿的蓝缎子礼服吧，高跟鞋、项链、耳环，他要我穿戴的一切。用不了多久，哪天早上你醒来叫我时，我就已经走了。"

13

　　杰克逊维尔。甜点心的信上说的是杰克逊维尔。他从前在那儿的铁路工场里干过活，原来的老板答应从下次发薪那天起给他个差使。珍妮没有必要再等了，穿上那件新的蓝色连衣裙，因为他打算她一下火车就结婚，快点来吧，因为他想念她，想得都要变成糖了。来吧，宝贝，甜点心爸爸永远也不会生你的气的。

　　珍妮坐的火车开车的时间太早了，城里没有多少人看到她，但看到她走的那几个人可是饱看了一通。他们不得不承认，她很漂亮，可是她不该这样走掉，爱一个总是使你充满了渴望的女人太痛苦了。

　　火车自身撞击着，在闪亮的铁轨上一英里又一英里地欢跳前进。司机不时为火车经过的市镇中的人们鸣响汽笛。火车转轨来到了杰克逊维尔，来到了她想看、想了解的许许多多的事物前。

　　甜点心就在那又老又大的火车站等着她，穿一套蓝色的新衣服，戴着一顶草帽，第一桩事就是把她拉到一位牧师的家里，然后一直回到他独自睡了两星期等待着她来到的房间里。像这样的拥抱、亲吻、调情你还从来没有见到过。她高兴得害怕起自己来。当晚他们就待在家里休息，但第二天晚上他们去看演出，然后坐有轨电车到处转，自己去亲眼看看。甜点心花的全是他自己口袋里的钱，因此珍妮没有告诉他自己用别针别在贴身的衬衫上二百元钱的事。费奥比坚持让她带在身上，别告诉甜点心，以防万一。她钱包里有买车票剩下的十元，就让甜点心以为她只有这点钱好了。事情也许不会成为她想的那样。她下火车以后没有一分钟不在笑费奥比的劝告，她打算在告诉甜点心肯定不会伤他的感情的时候把这件笑话讲给他听。就这样她结婚一个星期了，她给费奥比寄去了一张带画的明信片。

那天早上甜点心比珍妮起得早。她觉得挺困，就让他去弄点鱼来好炸了当早餐，等他回来她就打完一个盹了。他说他去弄鱼，她翻过身又睡着了。她醒来时甜点心还没有回来，钟上的时间不早了，她便起床洗了脸，洗了手。也许他在楼下厨房里弄早点，好让她多睡一会儿。珍妮下了楼，房东让她陪她一起喝咖啡，说她丈夫死了，早上一个人喝咖啡挺难受的。

"伍兹太太，你丈夫今天上午去上班了？我看见他好一阵子以前就出去了，咱们两个可以做个伴儿，是吧？"

"啊，是的，塞缪尔斯太太，你使我想起了我在伊顿维尔的好朋友，是的，你和她一样亲切友好。"

因此珍妮喝了咖啡，什么话也没问房东又回到了自己房间里。甜点心一定是在满城找鱼呢。她把这个想法放在自己面前，这样好不去多想别的。当她听见在十二点钟时响起的汽笛声后，她决定起身穿好衣服。就是这个时候她发现自己的二百元不见了。带着别针的那个小布口袋放在椅子上她的衣服下面，可房间里哪儿也没有那二百块钱。从一开始她就知道，如果钱没别在她粉红色丝衬衣的小口袋里，那么就不会在她所知道的别的什么地方。但在房间里到处找能使她有事干，不停地活动对她有好处，虽说她只是沿着自己的足迹在转，并没有干什么事。

但是，无论你的决心有多么坚定，你也没法像榨甘蔗的马一样老在一个地方打转。因此珍妮便高坐在房间里，坐着，看着。房间里面看上去像鳄鱼的嘴——大张着要吞下些什么。窗外，杰克逊维尔看上去需要围上篱笆，使它不至于奔向太空的怀抱。这地方太大了，不温暖，更不会需要她这样一个人了。整整一天一夜，她像狗咬啮骨头般咬啮着时光。

早上很晚的时候，关于安妮·泰勒和"谁扔的"的念头来到她脑中。安妮·泰勒五十二岁丈夫死了，给她留下了一个很好的家和保险金。

泰勒太太，新烫直了的染过的头发，不舒服的新假牙，像皮子一样的皮肤上布满了斑斑点点的脂粉和她的傻笑。她的风流韵事，和十几岁或二十刚出头的男孩子的暧昧私情，她花钱给他们买套装、鞋子、手表之类的东西，他们想要的东西一到手就扔下了她。等她的现款花光了以后，小伙子"谁扔的"来了，他斥责他的前任是个流氓，自己在她家里住了下来。是他动员她卖了房子和他一起到坦帕去。城里的人看到她一跛一跛地走的。那双太小的高跟鞋使她那看上去长满了脚趾囊肿的、疲累的双脚吃够了苦头。她的身体挤塞在紧紧的胸衣中，把肚子推到了下巴底下。但她是大笑着心里很有把握地走的。和珍妮一样有把握。

但是两个星期以后，往北去的区间火车的列车员和行李夫在梅特兰把她扶下了火车。头发一条一绺地呈现灰色、黑色、发蓝发红。廉价染发水所能有的一切花招全都在她的头发上表现了出来。鞋子和她干活累伤了的脚一样弯扭着，胸衣没有了，颤抖着的老太太全身肉都松垂着。你看得见的一切都松垂在那里，她的下巴从两耳旁垂下，像帘子一样波浪形地挂在脖子上。她的胸脯、肚子、屁股都松垂着，腿垂到了脚踝上。她不再傻笑了，只是呻吟着。

她彻底垮了，自尊心也没有了，因此向问她情况的人叙述了一切。"谁扔的"把她带到一条破败的街上的一所破败的房子里的一间破败的房间里，答应第二天和她结婚。他们在那间房间里待了两整天，然后她醒来发现"谁扔的"和钱都没有了。她起来到处去跑，看看是不是能找到他，但是发现自己太累了，干不了什么，她所能搞清楚的就是自己这个容器太老了，装不了新酒了。第二天，饥饿驱使她出去寻糊口之计，她站在街头不断对人微笑，后来是微笑加乞讨，后来就干脆乞讨，在世上碰撞了一个星期之后，老家来的一个年轻人看到了她，她没法对他说明真相，只是告诉他她下了火车，有人偷走了她的钱包，他自然相信了她，把她带回家去让她休息了一两天，然后给她买了一张回家的车票。

他们把她扶上床休息，让人把她在奥卡拉的结了婚的女儿叫来照料她。女儿尽快赶了来，把安妮·泰勒带走，好让她平安地死去。她等待什么东西等了一辈子，它找到她后却杀死了她。

这件事变成了图画，整夜挂在珍妮床的四周。不管怎么说，她不会回伊顿维尔去让人笑话让人可怜她。她口袋里有十块钱，银行里有一千二百块。可是上帝啊，千万别让甜点心伤了心到什么地方去了，我却还一无所知。上帝，求求您，别让他爱上别的人，让他只爱我。也许我像人们说的那样是个傻瓜，上帝，可是我太孤独了，我一直都在等待，基督啊，我等了很久很久了。

珍妮打着盹睡着了，但她及时醒来看到太阳派探子先出来在黑夜中标明道路。它从世界的门槛上微微探出头来，玩弄着一点红色，但是很快它便把这些放在一边，穿着白衣服做起自己的事来。但是对珍妮来说如果甜点心不很快回来，那么将永远只是黑暗。她从床上起来，但椅子托不住她，她缩到了地板上，头放在摇椅里。

过了一阵子，有人在她门外弹吉他，弹得真不错，还很好听，但是像珍妮这样忧郁时听到这吉他声太惨了。这时这个人开始唱了起来："敲响宽恕的钟声，召唤有罪之人回家。"她的心差点把她憋死。

"甜点心是你吗？"

"你很清楚地知道是我，珍妮，你为什么不开门？"

但是他根本没有等，带着吉他和笑容走了进来。吉他用红丝绳挂在他的脖子上，笑容则延伸到了耳朵上。

"用不着问我这么久上哪儿去了，因为我要花一整天讲给你听。"

"甜点心，我——"

"老天爷，珍妮，你坐在地板上干吗？"

他双手捧起她的头，慢慢坐到了椅子里，她还是什么也没说，他坐在那儿抚摸着她的头，低头看她的脸。

"我知道是怎么回事了，你因为钱的事怀疑我，以为我拿上钱走了。我不怪你这么想，可是你想错了。能让我把我们的钱花在她身上的女孩还没出世她妈妈就死了。我以前对你说过你掌握着天国的钥匙，你相信我好啦。"

"可是你到底还是走了，把我扔下一天一夜。"

"这不是因为我想待在外头，也不是有什么女人，要是你没有抓住我而且把我紧紧抓住的力量，我也不会叫你伍兹太太了。我认识你和你说话之前遇见过很多女人，你是世上唯一的一个我提出要和她结婚的女人，你年纪比我大，一点关系也没有，以后再也不要去想这个了。如果我今后会和另外一个女人相好，决不会是因为她的年龄，而是因为她和你同样地抓住了我，因此我自己也控制不住了。"

他在她身旁地上坐下，亲吻她，玩笑地把她的嘴角往上拉，直到她笑了为止。

"诸位，请看，"他向想象中的观众宣布道，"伍兹姐妹就要离开她的丈夫啦！"

这使珍妮大笑起来，她让自己靠在了他身上。然后她向同样的这些观众宣布道："伍兹太太给自己找到了一只新的小公鸡，可是他去了个什么地方不肯告诉她。"

"第一件事，咱们得一块儿吃点东西，珍妮，然后就可以谈了。"

"有一件事是肯定的，我不会再差你出去搞鱼了。"

他捏了她的腰一把，没去搭理她的话。

"今天早上咱们俩谁也不用干活，叫声塞缪尔斯太太，让她给咱们准备你想吃的东西。"

"甜点心，你要是不赶紧告诉我，我就把你的脑袋拿来砸得像一角银币那么扁。"

甜点心一直坚持到吃了早点，然后连说带比画把事情讲了出来。

他在打领带的时候发现了那笔钱。他拿起来，出于好奇看了看，放进了自己的口袋，在出去买鱼好回来炸的时候数了数。当他弄清了有多少钱以后非常激动，很想让人们知道知道他是什么人。在他找到卖鱼的市场以前，他遇见了以前在圆形机车库一起干过活的一个人。话匣子一打开就收不住了，不久他就决定花掉一点钱，他这辈子手里还没有过这么多钱呢，因此他决定看看当个百万富翁是个什么样的感觉。他们走到铁路工场附近的卡拉汉饭店，他决定那天晚上搞个盛大的鸡和通心粉的晚餐，来者不拒。

他买了东西，他们找了一个人来弹吉他，大家好跳舞，于是他们传口信让大家都来。他们也真来了。一张大桌子上摆满了炸鸡、热松饼，一满洗衣盆的通心粉，里面加了大量的干酪。当那人开始弹吉他时，人们开始从东面、西面、北面和澳大利亚来到这里，他站在门口，给每个丑女人两块钱让她们别进来。有一个大个子黑皮肤的丑八怪，给五块钱不让她进来都值，所以他给了她五块。

他们过得痛快极了，直到来了一个他们觉得不怎么样的人。他想把所有的鸡都翻腾个遍挑胗肝吃，谁也没法使他不折腾，所以他们就把甜点心叫来看看他是否能够制止住他。于是甜点心走上前来问他道："我说，你这人怎么了？"

"我不愿意人家给我拿东西，特别是不要人家发给我一份吃的，我总是选择自己要吃的东西。"他一刻不停地继续翻那一堆鸡，因此甜点心火了。

"你比一头铜猴还要硬。告诉我，你往哪个邮局里撒过尿？我很想知道。"

"你这是什么意思？"那人问道。

"我的意思是，在美国政府的邮局里开这种玩笑，要有到这里来翻腾我花钱买的鸡同样的胆量。到外面去！我今天晚上不和你较量较量才见鬼哩。"

于是他们都到外面去看甜点心是否能对付得了这个无赖。甜点心打掉了他两颗牙齿，那人打那儿就走了。后来有两个人想找茬打架，甜点心说他们得亲个嘴讲和。他们不愿意这样做，他们宁愿去坐牢，但是别的人都觉得这是个好主意，就强迫他们这样做了。事后两个人都啐唾沫，作呕，用手背擦嘴，其中一人到外面去像只病狗那样嚼了点草，说是防止它要了自己的命。

后来大伙儿开始冲着音乐嚷嚷，因为那人只会弹三个曲子，于是甜点心拿过吉他来自己弹了起来。他很高兴有个机会弹吉他，因为自从他认识珍妮后不久，为了搞钱给她租汽车，他把自己的吉他当了，从那以后他的手就没有摸过吉他了。他很想念他的音乐，这使他产生了他该有把吉他的念头，他当场买下了那把吉他，付了十五元现款，其实这把吉他不论什么时候都值六十五块。

天亮前晚会逐渐散了，甜点心于是急急赶回到新娶的妻子身边，他已经知道了当阔佬的感觉，他有了一把好吉他，口袋里还剩着十二块钱，现在他只需要珍妮好好地拥抱她，亲吻他。

"你一定觉得你的老婆是个丑八怪。那些你付了两块钱让她们别进门的丑女人还到了门口，你连门口都不让我挨近。"她噘着嘴说。

"珍妮，要是能倒回去使你能和我一起在那晚会上，我情愿把杰克逊维尔送给人家还搭上坦帕。有两三次我都要回来叫你了。"

"那么你为什么没来叫我呢？"

"珍妮，要是我回来叫你，你会去吗？"

"当然会去的，我和你一样喜欢寻快活。"

"珍妮，我想来叫你，非常想，可是我害怕，怕会失去你。"

"为什么？"

"那帮人不是什么高级大人物，是铁路工人和他们的女人，你不习惯他们这样的人，我怕你会生气，怕你因为我把你带到他们一伙里而离开我。可是我仍然希望你能和我在一起，我们结婚前我下决心不让你看到我身上粗俗的一面，当我的坏习气上来的时候，我就走开不让你看见。我不想把你也往下拉。"

"你听着，甜点心，如果你再离开我像这样去玩，然后回来对我说我有多么高尚，我就杀了你，你听见了吗？"

"这么说来你打算和我分享一切，是吗？"

"是的，甜点心，不管是什么。"

"我就想知道这一点，从现在起你是我的妻子、我的女人和我在世界上所需要的一切。"

"但愿如此。"

"宝贝儿，你不用担心你那区区的二百块钱，这星期六铁路工场发工资，我要在口袋里装上这十二块，把那二百块全赢回来，而且还不止。"

"怎么赢？"

"宝贝儿，你既然解放了我，给了我把自己的一切都告诉你的荣幸，那我就来告诉你。你嫁给了上帝所造的最出色的赌手里的一个，不论是用牌赌还是用骰子赌。我能用一根皮鞋带赢回一家制革厂来。真希望你能看到我掷骰子。不过这回只有粗野的男人，他们什么话都说，不是你去的地方。不过我很快就会回来的。"

这星期剩下的几天里，甜点心忙着练掷骰子，他常常在光地板上、小地毯上或床上掷，他蹲着掷，坐在椅子里掷，站着掷。对一辈子从来没有摸过骰子的珍妮来说，这一切都使她十分兴奋。然后他拿起他那副牌，洗牌、切牌、洗牌、切牌、发牌，仔细琢磨每一手牌，再重新来。就这样到了星期六，那天上午他出去买了一把弹簧折刀，两副背面是星形图案的扑克牌，大约在中午时分离开了珍妮。

"很快就开始发工资了，我要在钱多的时候就参加进去，我今天可不打算小打小闹，我要么就带着钱回来，要么就躺在担架上给抬回来。"他在她头上的痣上剪下九根痣毛以图个吉利，然后便高高兴兴地走了。

珍妮无牵无挂地等到了半夜，但过了半夜她开始感到害怕了。于是她下了床胆战心惊地痛苦地坐着，想象着，担心会出各种各样的危险。像这个星期中许多次那样，她奇怪自己对甜点心的赌博竟会不感到吃惊。这是他的一个部分，因此就没有关系。她反而发现自己对想象中那些可能想要批评甜点心的人生起气来。让那些老伪善者学会少管别人的闲事吧。甜点心想给他自己赢一点钱，并不比那帮人善于说谎的舌头更有损于他人，甜点心脚趾甲盖底下的好心比他们那些所谓基督徒心里的好心还要多些。最好别让她听见那些背后骂人的家伙谈论她的丈夫！求求你，耶稣基督，别让那些卑劣的黑鬼伤害她的心上人，如果他们伤害了他，主啊，给她一把好枪和开枪打死他们的机会。不错，甜点心有一把刀，但那只是保护自己用的，上帝知道，甜点心连一只苍蝇也不会伤害的。

曙光从世界的缝隙中爬起时珍妮听到了微弱的敲门声。她一跃跳到门前推开了门，甜点心在门外，好像站在那儿睡着了，样子不可思议得令人感到害怕。珍妮抓住他的胳膊要使他清醒过来，他跌跌绊绊地进到屋里，倒了下去。

"甜点心，孩子，怎么啦，宝贝儿?"

"他们拿刀子拉我了，没什么。别哭，赶快给我把大衣脱掉。"

他对她说他只挨了两刀，但是她不得不把他的衣服全脱光，全身上下检查了一遍，好歹给他把伤口包扎了起来。他说除非他的伤口严重恶化，不要去找大夫，反正不过就是流了点血。

"就像我对你说的那样，我赌赢了，半夜前后我就把你那两百块赢回来了，虽说还能赢很多，我也不打算再赌了。但是他们想有个机会捞本，所以我又坐下再玩一会儿。我知道老丑八怪快输光了，想拼命，我就坐下来给他个机会捞回本去；要是他想掏出我看得见的他口袋里的那把刮胡子刀，我就一家伙送他进地狱。宝贝儿，现在的人打架没哪个会用刮胡子刀来瞎折腾的，你还在鼓捣你那把刮胡子刀时，拿弹簧折刀的人早把你捅死了。丑八怪吹牛说他用刮胡子刀打架利索得很，别人伤不了他，我可不这么想。

"就这样，到四点钟左右我把他们全赢干了，只有两个人在还剩下够买食品的钱时站起来走了，还有一个有点运气的人没输光。我站起身来再一次和他们告别。他们全都很不高兴，可是他们也都明白谁也没耍花招，我给了他们公平的机会。只有丑八怪不这么想，他声称我换了骰子。我把钱往口袋里头深深一塞，用左手拿起帽子和大衣，右手放在折刀上。只要他不动手，他说什么我倒不在乎。我戴上了帽子，一只手穿在大衣里，正走到门口，转身看着门外的台阶时他猛然跳向我，在我背上拉了两刀。

"宝贝儿，我把另一只胳膊伸进大衣袖子里，还没等那黑鬼来得及眨眨眼睛就一把攥住了他的领带，劈头盖脸像肉汁浇在米饭上一样一处不落地给了他一顿。在他拼命想挣脱我时把刮胡子刀丢了，他大喊大叫要我放开他，但是宝贝儿，我把他折腾来折腾去，就是不放他。我随他躺在台阶上，赶快回到你这儿来。我知道他拉的口子不深，因为他不敢跑得离我太近，你就用橡皮膏把肉贴在一起就行了，过一两天就会好的。"

珍妮哭着给他涂碘酒。

"珍妮，不该你哭，该他的老伴哭。你给了我好运气。你看看我左边裤兜里，看看爹爹给你带什么回来了。我在对你说要带着钱回来时没有对你撒谎。"

他们一起数了钱，一共三百二十二元，简直就好像甜点心劫了发工资的人似的。他要她拿走两百块放回到那个秘密地方去，珍妮告诉了他她另外在银行里存着的那些钱。

"你把这两百块再存回银行去吧，珍妮。我有骰子。我用不着什么来帮我养活我老婆，从现在起我的钱能买得起的，你就吃就穿，我没钱时你也就什么都没有。"

"行，没问题。"

他困了，但他仍玩笑地捏捏她的腿，因为他很高兴她对待事情的态度正是他所希望的，"听着，妈妈，等我身上这小口子一好，咱们去干点荒唐事。"

"什么荒唐事？"

"咱们到沼泽地去。"

"什么是沼泽地？在哪儿？"

"就在佛罗里达州南部克莱维斯顿附近的大沼泽和贝拉沼泽那儿，那里种甘蔗、菜豆和西红柿，那儿的人什么也不干，就是挣钱和玩乐。咱们一定得上那儿去。"

他不知不觉睡着了，珍妮俯视着他，感到对他的撕心裂肺的爱。就这样，她的灵魂从躲藏之处爬了出来。

14

在珍妮陌生的眼中，大沼泽里的一切都是巨大的、新奇的。巨大的奥基乔比湖，巨大的豆子，巨大的甘蔗，巨大的杂草，巨大的一切。在佛罗里达北部能长到齐腰高就很不错了的杂草在这里常常是八到十英尺高。土地肥沃极了，因此什么都长疯了。自生甘蔗长得到处都是，土地又黑又肥沃，挖下半英里来足够给堪萨斯州的大片麦田施肥了。路两边的野甘蔗遮住了其余的世界。人也充满了野性。

"收种季节要到九月末才开始，可是咱们得提前来才能找到房间住，"甜点心解释道，"两星期以后这儿人多得找不到房间，只能找个睡觉的地方。现在咱们就有机会在有洗澡间的旅馆里找上一间房子。在沼泽地生活非得天天洗澡才行，那儿的烂泥会像蚂蚁一样使你浑身发痒。这里只有一家旅馆有洗澡间，他们的房间根本不够住的。"

"咱们在这儿干些什么呢？"

"白天我整天摘豆子，夜里我整晚弹吉他掷骰子，有了豆子和骰子我决不会输。现在我马上就到沼泽上最好的老板那儿去找个活，得趁别的人还没来的时候。在收种季节在这里找活不成问题，不过不一定能给合适的人干。"

"甜点心，什么时候开始干活？看来这儿人人都在等着。"

"是的，像别的事情一样，大老板们有一定的时间开始收种季节。我的老板种子还不够，他正在再找几蒲式耳的种子，然后我们就开始播种。"

"几蒲式耳?"

"是的，几蒲式耳。这可不是小打小闹的经营，穷人在这儿可吃不开。"

就在第二天他异常激动地冲进屋里，"老板买下了另一个人的产业，要我到湖边去。他有房子，先到的可以住。咱们走吧。"

他们借了一辆汽车，颠簸了九英里来到住处。房子低伏在湖边，与巨大的、向四面八方延伸的奥基乔比湖仅隔一道堤堰。珍妮在小屋里乱忙着安个家，甜点心则去种豆。下工以后他们去钓鱼，时不时地会碰见一群印第安人，他们住在狭长的挖在地下的洞穴里，平静地以沼泽地带特有的无一定之规的方式挣得生计。终于豆子快熟了，除了等着收豆子，没什么太多的活，甜点心常给珍妮弹吉他，但还是没有足够的事干。现在还没有赌钱的必要，大量涌来的人都是身无分文，他们并不带着钱来，他们是挣钱来的。

"听我说，珍妮，咱们买点打猎用具到附近去打猎吧。"

"那太好了，甜点心，就是你知道我不会放枪，不过我很愿意和你一起去。"

"啊，你得学会，你不应该不会打枪。就是你永远看不见猎物，也总会有下贱的流氓需要人们痛痛快快地打啊。"他笑了，"咱们上棕榈海滩花掉点钱去。"

他们天天都练射击。甜点心让她朝小东西开枪，为的是练瞄准，他们用手枪、猎枪和步枪。有的男人会来求他们让他们朝靶子打上一枪，这是沼泽地带最令人激动的事了。这比小舞厅和押赛马的赌场强多了，除非那儿有特别的乐队来给舞会伴奏。更使大家着迷的是珍妮怎样很快就掌握了其中奥妙，到了能击中松树里的鹰而不把它打得血肉横飞的程度。把头打掉。后来她枪法比甜点心还精准。他们总是在随便哪天下午稍晚时出去，回来时满载着猎物。有一天晚上他们搞到一条船，便出去猎鳄鱼，用磷光灯照着在黑暗里向它们开枪。且不说在忙活之前两个人在一起玩得这么开心，鳄鱼皮和牙还可以拿到棕榈海滩去卖。

现在，天天都有大群的工人涌来，有的由于长途跋涉拖着鞋和疼痛的双脚一瘸一拐地来到这里。鞋不跟脚，脚得跟鞋，这是件难受的事。人们从遥远的佐治亚坐着货车来，从东南西北四方一卡车一卡车地来。还有些男人，他们不属于任何地方，永远在迁移中，满脸倦容，带着他们的家眷和狗、开着廉价小汽车来到这里。整晚、整天地涌来，赶来收摘豆子。平底锅、床、补好的备用内胎全都垂挂在又老又旧的车子的外面，充满了希望的人成群地挤在车子的里面，发动机嘎嘎地响着来到沼泽地带。这些人啊，因愚昧而邪恶，因贫穷而精神崩溃。

现在小舞厅整夜喧闹不已。一架钢琴起着三架的作用，当场即兴创作与演奏黑人伤感民歌，跳舞、打架、唱歌，哭的、笑的，每个小时都有人得到爱、失去爱。白天为挣钱整天干活，晚上为爱情整夜打架。肥沃的黑土附着在身体上，像蚂蚁般咬啮着皮肤。

最后再也没有睡觉的地方了，人们便烧起大堆篝火，五六十个人围着一堆火睡，但是他们也得给他们在上面睡觉的那块地的主人钱。他经营火堆就和他经营住宿店一样，是为了钱。不过谁也不在乎，他们钱挣得很多，连孩子们也不少挣，因此他们花钱也不少。下个月、明年是以后的事，没有必要把将来和现在混在一起。

甜点心住的地方是磁铁，是"这一行"的未经批准的中心。他坐在门口弹吉他的样子总是使人驻足而听，说不定那个晚上小舞厅生意就不如意。他总是大笑，而且非常有趣，在豆子地里他使大家笑个不停。

珍妮待在家中，煮一大锅一大锅的豌豆和米饭，有的时候烤上几大盆海军豆，上面放上大量的糖和大块的咸肉。这是甜点心爱吃的东西，所以尽管珍妮一星期做了两三顿豆子吃，星期天他们还要吃烤豆。她也总是备有某种甜食，因为甜点心说甜食让人嘴里有点东西嚼嚼，再慢慢停下嘴来。有时她把那两间屋子的房子收拾干净，拿上步枪出去，等甜点心到家时晚餐吃炸兔肉。她从来也不让他回到家还穿工作服，浑身瘙痒，他进门时一壶热水总是早已在等着他了。

后来，甜点心开始忙里偷闲地、出其不意地到厨房里来，有时在早饭和午饭之间。两点钟左右他常常回到家里，和她玩闹上半个小时，再溜回去干活。于是有一天她问起了这事。

"甜点心，别人还在干活的时候，你回家来干吗？"

"回来照看照看你，我不在的时候无赖很可能会把你弄走。"

"根本不用琢磨有无赖会弄走我，是不是你觉得我有什么地方对不起你，你在监视我？"

"不，不，珍妮，我才不会干这种事呢，不过你既然有这个想法，我就得对你说实话，你好知道。珍妮，我一个人整整一天在外头，没有你在身边，觉得寂寞得很。以后你最好像别的女人一样也到地里找个活干，我就用不着因为回家而损失时间了。"

"甜点心，你真糟，离开我那么一小会儿都不行。"

"可不是一小会儿啊，差不多整整一天了。"

因此就在第二天早上，珍妮准备好要和甜点心一起去摘豆子。当她拿起一个筐子去干活时，响起了一阵压抑着的喃喃声。她已经成了沼泽地带的特殊人物了，人们认为她觉得自己比别的女人强，不能和她们一样去干活，是甜点心"把她捧成这样的"。但是她和甜点心在老板背后整天价嬉闹，这使她马上就受到了大家的欢迎，使地里干活的人全都时不时地玩了起来。下工后甜点心帮着她准备晚饭。

"珍妮，你不会因为我要求你和我一起干活，就以为我不打算养活你了吧?"珍妮在地里干了一个星期的活以后，甜点心问她。

"啊，不会的，宝贝儿，我爱干，这比整天在家里坐着好多了。在店里干活时很难，可是在这儿咱们只需要干咱们的活，然后就回家亲热。"

每天晚上他们家里挤满了人，就是说，门口四周全都是人。有的人是来听甜点心弹吉他的，有的是来聊天讲故事的，但大多数人是来参加已在进行或可能进行的不论哪种赌博的。有时甜点心输得很惨，因为在湖区有好几个赌博高手；有时他赢，使珍妮很为他的本领骄傲。在那两个小舞厅之外，这一行中的一切都围绕着他们俩进行。

有时珍妮会想起过去在那所大白宅子里和那个商店里的日子，自己会哭起来。要是伊顿维尔人看到她现在穿着蓝斜纹粗布工作服和笨重的鞋子会怎样呢？她周围的那群人和在她家地板上进行的掷骰子赌博。她很为她在伊顿维尔的朋友遗憾，很看不起那儿别的人。这儿男人们也展开大的争论，就像那儿的人在商店门廊上常进行争论一样，只不过在这儿她可以听，可以笑，如果她愿意，甚至还可以说。从听别人讲故事，她甚至自己都能够讲了。因为她爱听人讲话，男人们也爱听自己谈话，他们便在赌局周围可劲儿地争吵叫嚷。但不管多么粗鲁，人们很少发火，因为这一切都是为了取乐。人人都爱听艾德·多克里、布提尼和"湿到底"三个人打牌互相欺骗时说的话。有天晚上艾德·多克里发牌，他偷看了湿到底的牌，知道他自以为会赢，便大叫道："我要打烂他的如意算盘。"湿到底看了一眼，说："发牌。"布提尼说："你想干什么？来吧！"大家都看着发的下一张牌，艾德正要亮牌时又拍出了一块钱，说："我这回豁出去了。"布提尼挑衅地说道："你别冒险过头，艾德，你现在胆子太小。"艾德抓住牌的一角，湿到底扔下了一块钱，"反正人已经死了，我再往灵车上打上一枪，不管它葬礼上会多悲伤。"艾德说："你们看见了？这个人真敢冒进地狱的险。"甜点心用胳膊肘推推湿到底，要他别下赌注了，"你要是不加小心，就会碰上枪林弹雨了。"湿到底说："嘻，这只狗熊除了他那卷毛吓人，没有什么可怕的，我能透过泥水看见干地方。"艾德翻过那张牌来喊道："嗨，你从那梧桐树上下来吧，你不灵。"没有人再加码，谁都怕下面那张牌。

艾德朝四下里一看，看见盖布站在他椅子后面，就喊道："盖布，走开，你太黑了，吸热！湿到底，你是不是趁还有机会就此罢手？""不，老兄，我但愿能有一千块往上押呢。""这么说你不听劝了？笨蛋，不用你交学费，我来教教你。闲话少说。"艾德翻出下一张牌，湿到底输了。在场的人都大喊大笑起来，艾德笑着说："洗洗你那泥吧！你一文不值，开水也没法帮你的忙。"艾德笑个不住，因为他以前太胆怯了，"湿到底、布提尼，你们所有让我赢了钱的人听着，我直接就把钱送到西尔斯和罗巴克公司去买衣服，等我圣诞节那天穿着打扮好了，准是漂亮得要死，得大夫才能告诉我离要死有多近。"

15

　　珍妮懂得了妒忌的滋味。一个矮胖的女孩子老是在地里或家里找机会逗弄甜点心，只要他开口说什么，她就持相反的观点，打他一下或推他一把，然后逃跑好让他追她。珍妮知道她安的是什么心：把他从人群中引开。这种情况持续了两三个星期的光景，南基胆子越来越大，她常常开玩笑地打甜点心，哪怕他只是用手指尖轻轻敲她一下，她就会立刻倒在他身上，或倒在地上要人把她抱起来。她几乎是弱不禁风，要费好大的事才能使她站起来。还有，珍妮认为甜点心本应更快地避开她。她脾气开始有点暴躁了。一粒恐惧的种子正在长成一株树。说不定哪一天甜点心会抵挡不住，说不定他已经暗暗地在怂恿她了，而这正是南基用以进行炫耀的方式。别的人也开始注意到了这件事，这使珍妮更加迷惑了。

　　有一天，他们在豆子地和甘蔗地接壤的地方干活，珍妮和另一个女人聊天，走得离甜点心远了一点，等她回过头来看的时候，甜点心不在那儿了。南基也不在。她知道她不在，因为她注意看来着。

　　"甜点心呢?"她问湿到底。

　　他用手朝甘蔗地一挥便匆匆走了开去。珍妮根本没加思考，她就是按感觉行动，便冲进甘蔗地，大约在第五排甘蔗处她看见甜点心和南基扭作一堆，没等他们俩发觉她已经扑了上去。

"这儿怎么啦？"她狂怒着冷冷地问道。两个人一跳分开了。

"没什么。"甜点心说，满脸不好意思地站在那里。

"那么你在这里面干什么？为什么没和大家一起在外面地里？"

"她把我的工票从我衬衫口袋里抓了出来，我跑着想要回来。"甜点心解释道，一面把工票给她看，在争夺中工票给揉得够呛。

珍妮动手要抓住南基，但她已逃走了，因此她越过隆起的行行甘蔗朝她追去。可是南基可不想给抓住，珍妮于是回家去了。那天，田地和幸福的人们使她受不了，她慢慢地沉思着走回住处，没过多久甜点心在那儿找到了她，想和她说话，她一巴掌打断了他的话。他们从一个房间打到另外一个房间，珍妮想要打他，甜点心只要可能就攥住她的手腕不放，使她不致走得太远。

"我相信你一直和她搞在一起！"她狂怒地喘息着说。

"没有的事！"甜点心回嘴说。

"我相信你就是和她搞在一起了！"

"甭管扯多么大的谎，总有人相信！"

他们仍打个不停。"你伤了我的心，现在又用谎话来伤害我的耳朵！放开我的手！"珍妮满腔火起，但甜点心一刻也没有放开她。他们一直扭打到他们自己身体散发出的气息使他们亢奋，打到撕光衣服，打到他把她推倒在地按在地上用他炽热的身体烫化了她的反抗，用身体表达了无法表达的一切。他狂吻着她，一直吻得她向上弓起身子去与他相合，然后俩人在筋疲力尽中甜蜜地沉入梦境。

第二天上午珍妮带着巾帼气概问道："你还在爱老南基吗？"

"不，从没爱过，这你是知道的。我不想要她。"

"你想要的。"她这样说并不是因为她相信这一点，而是她想听到他的否认。她需要向倒下的南基欢呼自己的胜利。

"有你在，我要那个小胖女人干什么？她什么用处也没有，只能拿来放在厨房的炉子角落里，把她的头当撅木头的桩子用。而你能使一个男人忘记他会老，会死。"

16

收种季节过去了，人们和来时一样大群大群地离去。甜点心和珍妮决定留下，因为他们想在沼泽地再干一季。他们采收了几蒲式耳的干豆储存起来，到秋天好卖给农场主，后来就没活可干了，因此珍妮开始到处溜达，看看在农忙季节她没有注意到的人和事。

譬如说当她在夏天听到巴哈马鼓手那难以捉摸但却震撼力极强的鼓声时，她会走过去看他们跳舞。在收种季节期间她曾听到人们讥笑这种"拉锯"舞，现在她看他们跳舞时笑了，但这不是讥笑，她逐渐十分喜欢这种舞蹈了。她和甜点心每晚都去，别的人因此而取笑起他们来。

现在珍妮认识了特纳太太，在收种季节里她看见过她几次，但从来没有说过话，现在她们成了互相串门的朋友。

特纳太太是个肤色乳白、好像总在生儿育女的女人。她的肩背有点弯，她一定是意识到自己有个骨盆，因为她老是往前挺着那个部分，好让自己总能看到它。甜点心背着特纳太太老拿她的体形开玩笑，他声称是母牛在她后背踢了一脚才使她成了这个形状的。她是一块被各种东西砸过的熨衣板，而同样的那只母牛又在她小的时候一脚把她的嘴踩扁了，结果嘴又宽又扁，鼻子几乎碰上了下巴。

但是特纳太太的五官和身材极得特纳太太自己的赞赏。她的鼻子稍稍突出，她感到很骄傲；她的眼睛一看到自己的薄嘴唇就惬意万分。就连她那仅是半突出的屁股也是引起自豪的源泉。以她自己的想法，这一切都使她不同于黑人，她选珍妮做朋友也是出于这个原因，珍妮虽然和在地里干活的其他女人一样穿着工作服，但她浅棕色的皮肤和满头秀发使特纳太太原谅了她的这个行为。她没有原谅珍妮嫁给了像甜点心这么黑的一个人，但她感到她有法子补救这一点，她的弟弟正是为此才生到这个世界上来的。甜点心在家时她很少长待，但当她来串门时如果只有珍妮一个人在家，她就会一待几个小时聊个没完。谈到黑人时她总是一副嫌弃的态度。

"伍兹太太，我常对我丈夫说，我真不明白像伍兹太太这么一位夫人怎么能忍受那帮粗俗的黑鬼整天在她家进进出出。"

"我根本不在乎，特纳太太，其实，他们的谈话很好玩，挺逗乐的。"

"你比我勇敢。当有人说服了我丈夫，我们到这儿来开饭馆时，我连做梦也没想到能在一个地方聚集上这么多不同样子的黑人，早知道这样我就不会来这儿了。我从来不习惯和黑人交往，我儿子说他们会吸引闪电。"她们笑了一会儿，在多次这类谈话之后，特纳太太说："你们结婚时你丈夫一定有很多钱吧。"

"你为什么会这么想，特纳太太？"

"能得到你这样一个女人呀。你比我勇敢，我就是想象不出自己去和一个皮肤这么黑的人结婚。黑皮肤的人已经太多了，我们应该使我们这个民族的肤色越来越浅才对。"

"我丈夫除了他自己之外一无所有。要是和他混在一起很容易会爱上他的。我爱他。"

"怎么，伍兹太太，我不相信，你只不过是一时着了迷而已。"

"不，这是实实在在的，要是他离开我我绝对受不了，不知道该怎么办。在无聊的时候，他可以拿起几乎任何一样小东西，创造出夏天来。我们就靠他创造出的那幸福生活着，直到出现更多的幸福。"

"你和我不同，我无法忍受黑皮肤的黑鬼，白人恨他们，我一点也不责怪白人，因为我自己也受不了他们。还有，我不愿看到像你我这样的人和他们混在一起，咱们应该属于不同的阶层。"

"咱们不可能这样做，咱们是一个混合的民族，人人都有黑皮肤的亲戚，也有黄皮肤的亲戚。你为什么对黑皮肤的人这样反感？"

"他们使我厌烦。老是在笑！他们笑得太多了，笑得也太响了。总是在唱黑人的歌曲！总是在白人面前出洋相。要不是因为有这么多黑皮肤的人，就不会有种族问题了，白人就会接受我们了，是那些黑皮肤的人在阻碍我们前进。"

"是吗？当然，这事我从来没有多想过，不过我觉得白人们连和我们来往也不愿意，我们太穷了。"

"不是因为穷，而是因为肤色和面貌。谁会愿意一个小黑孩躺在婴儿手推车里，就像乳酪里的一只苍蝇似的？谁愿和一个不中用的黑皮肤的男人以及一个穿着鲜艳俗气的衣服走在街上、毫无理由地乱喊大笑的黑皮肤女人搅在一起？我不知道。我生了病别给我找黑人大夫到我床前来。我生了六个孩子——运气不好，只养大了一个——还从来没让一个黑人大夫摸过我的脉，赚到我的钱的总是白人大夫，我也不上黑人商店去买东西，黑人根本不懂做买卖，更不用说给我接生啦！”

这时，特纳太太几乎是在狂热地声嘶力竭地叫喊了。珍妮不知所措，无言以对，她啧啧地表示着同情，真希望自己知道该说些什么。十分明显，特纳太太把黑皮肤的人看成是对她自己的人身侮辱。

“看看我！我没有扁鼻子和猪肝色的嘴唇。我是个面貌秀丽的女人，我脸上的五官和白人的一样，可是我还是和别人归在了一起，这不公平。即使他们不把我们和白人归在一起，至少也应该把我们单独看成是一个阶级。”

“这种事我觉得没什么，不过看来我的脑袋瓜不会真正考虑问题。”

“你应该见见我弟弟，他才叫聪明呢，他头发笔直。他们选他做代表去参加主日学校大会，他宣读了一篇关于布克·T·华盛顿①的论文，把布克驳得体无完肤。”

“布克·T？他是位伟大的人物，不是吗？”

“都这么认为。他唯一做的事就是在白人面前出洋相，所以他们就把他吹捧了起来。可是你知道老人们说的吗，‘猴子爬得越高屁股就露得越多’，布克·T就是这样。每次一有发言的机

---

① 布克·T·华盛顿（Booker Taliaferro Washington, 1856—1915）：美国黑人教育家，创建塔斯基吉工业师范学院（1881）并任首任院长，著有《美国黑人的将来》、自传《出身奴隶》等。

会，我弟弟就要抨击他。"

"我从小受到的教育都是讲，他是个伟大的人物。"珍妮说不出别的话来了。

"他唯一做的事就是阻碍我们前进——大谈要工作，而除了干活咱们这个民族本来就没有做过别的事。他是我们的敌人，就是这么回事，他是替白人出力的黑鬼。"

从珍妮所受到的教育来看，这一切全是大不敬之词，因此她坐在那儿一言不发，但特纳太太仍在滔滔不绝地讲。

"我已经给我弟弟带信让他来这里和我们待一段时间。他现在正失业，我特别要你见见他，你要是没结婚的话，你们俩可是出色的一对。他要是能找到活的话，是个能干的木匠。"

"是的，也许是这样，但是我已经结婚了，所以考虑这没有用。"

在非常坚定地表述了她自己、她的儿子或兄弟的其他几个观点之后，特纳太太终于起身告辞了。她恳求珍妮随时到她家去玩，但却一次也没有提起甜点心。等她走后，珍妮急忙到厨房去弄晚饭，发现甜点心双手捧着头坐在那里。

"甜点心！我不知道你回来了。"

"我知道你不知道我回来了，我回来好久了，听着那个娘们把我说得连狗都不如，极力想把你从我身边引诱开。"

"原来她打的是这个算盘呀？我没听出来。"

"当然，她有个什么没用的兄弟，我看她想要你和他勾搭上，照应他。"

"呸！她要是这么想，那算是找错人了。我已经结婚了。"

"谢谢你，太太。我恨透那个女人了，别让她到咱们家来。她长得像白人！瞧她那一身黑皮肤和紧贴在头皮上的头发，贴得就像九十九紧挨着一百一样！既然她那么恨黑皮肤的人，她那个破饭铺就不需要挣我们的钱。我来把这话传给大家，我们可以上那家白人开的饭店去，受到好的招待。她和她那个干瘦的丈夫！还有那个儿子！他是她的子宫跟她开的一个恶毒的玩笑。我要去告诉她丈夫让她待在家里，我不要她到我这个家左近来。"

一天，甜点心在街上遇见了特纳和他的儿子。特纳看上去是个不断在消失中的人，好像他身上有的部位过去——突出在外，而现在却浑身没有一处不是在变小、成为一片模糊，就仿佛他被砂纸擦成了椭圆形的长长的一团。不知为什么，甜点心很可怜他，因此没有失口把打算说的侮辱之辞说出来，但是他也没能全憋住。他们谈了一会儿即将到来的收种季节的前景，然后甜点心说："你的妻子好像没有什么事，所以老能出去串门，我的妻子要做的事情很多，没时间出去串门，也没时间和来看她的人聊天。"

"我妻子想干什么就花时间干什么，她这一点上倔得很，是的，确实如此。"他笑了，声音很尖，但中气不足，"孩子们不再把她困在家里了，所以她想串门就串门。"

"孩子们？"甜点心惊奇地问道，"你还有比他小的孩子吗？"他指指看上去二十岁左右的那个儿子，"我没有看见过你别的那些孩子呀？"

"你没见过，那是因为这个儿子出生以前他们就死了。我们在孩子的事情上运气不好，能把他养大就算是幸运的了。他是我们耗尽了体力产生的意外之喜。"

他又一次发出了无力的笑声，甜点心和他儿子也跟他一起笑了，然后甜点心继续往前走，回到家里珍妮身边。

"她丈夫拿那个木疙瘩脑袋的女人没办法，你只能在她到这儿来时对她冷淡些。"

珍妮这样做了，但是除非直截了当地告诉特纳太太她不受欢迎，否则怎么也无法完全阻止她来。认识珍妮使她感到很荣幸，为了能保持住这个关系，她很快就原谅并忘掉了珍妮对她的怠慢冷落。在她的标准里，任何人只要比她自己看上去更像白人，就比她要好，因此如果他们有时对她很无情也是应该的，就像她在对待比自己黑人气息更重的人时，按他们身上黑人成分的多少来决定自己无情到什么程度一样。就像鸡场里鸡的啄食顺序那样，对你能击败的对手残酷无情，对你打不过的对手卑躬屈膝地顺从。她一旦树立起了自己的偶像并为它们建造了圣坛，那么她必然会在那里朝拜。正如一切虔诚的朝拜者一样，她也必然会接受她的神施与她的任何反复无常及无情的对待。一切接受顶礼膜拜的神都是无情的，一切的神都毫无道理地布下痛苦，否则就不会有人朝拜它们了。人们由于遭受没来由的痛苦懂得了恐惧，而恐惧是最神圣的感情，它是建筑圣坛之石、智慧之始。人们以美酒和鲜花来供奉半是神明的人，真正的神要的是鲜血。

和其他虔诚的信徒一样，特纳太太为不可及之物，即一切人均具有白种人之特征，筑起了一座圣坛。她的上帝将惩罚她，将把她从极顶猛推而下，使她消失在荒漠中。但她不会抛下她的圣坛，在她那赤裸裸的语言背后是一种信念，即不管怎样她和别的人通过膜拜将能到达自己的乐园——一个直头发、薄嘴唇、高鼻骨的白色六翼天使的天堂。肉体上不可能实现这一愿望丝毫也无损于她的信仰。这正是神秘之处，而神秘事物是神的作为。除了她的信仰外，她还有捍卫她的上帝的圣坛的狂热。从她内心的神殿中出来却看到这些黑皮肤的亵渎者在门前嚎叫狂笑，这太令人痛苦了。啊，要是有一支凶猛的擎旗舞剑的军队就好了！

因此她依附的不是作为女人的珍妮，她是服从于珍妮身上的白人特征本身。当她和珍妮在一起时，她有一种形变的感觉，就仿佛她自己变白了些，头发也直了些。她恨甜点心，首先因为他亵渎了神明，其次因为他嘲笑她。要是她知道该怎么办就好了！可是她不知道。有一次她在抱怨小舞厅里尽是些乌烟瘴气的事，甜点心厉声说："啊，别让上帝显得那么愚蠢，尽挑他造的一切东西的毛病。"

于是多数时间特纳太太都皱着眉头，这么多东西她都看不惯。但这对珍妮和甜点心并没有多大影响，只是在夏天当沼泽地带生活挺无聊的时候给了他们一个话题。其他时候他们到棕榈海滩、迈尔斯堡和罗德达尔堡去玩。不知不觉太阳不那么炎热了，人群又一次涌回沼泽地带。

17

　　原来的一伙人有不少又来了，可是也有很多是新来的。这些人里有的男人向珍妮调情，不了解情况的女人和甜点心吊膀子，不过没用多久他们就明白了真相。虽然如此，珍妮和甜点心之间仍时有互相妒忌之事发生。特纳太太的弟弟来了以后，她把他带来介绍与珍妮相见时，甜点心差点没得神经病，不到一个星期他就打了珍妮一顿。这并不是因为她行为失检使甜点心心生妒忌，而是这减轻了他内心巨大的恐惧，能打她，就再度证明她属于他。他打得一点也不狠，就是打了她几下耳光以表示他是一家之主。第二天在地里大家都谈论这件事，这在男人和女人群中都引起了某种妒羡。他又是娇她又是宠她，好像那两三下耳光差点要了她的命，那劲头使女人们想入非非；而她那小鸟依人的样子使男人们神魂颠倒。

　　"甜点心，你可真是个幸运儿，"湿到底对他说，"谁都能看见你打了她哪儿，我敢打赌她一下也没还手。要是你打了这些坏脾气的黑皮肤女人，她们会和你打上一整夜架，可第二天谁也看不出来你打了她，所以我现在不打我老婆了，你怎么在她身上打也落不下痕迹。天哪！我可真想打珍妮这样的细皮嫩肉的女人！我敢打赌她连喊都不喊，就光是哭，是不是，甜点心？"

　　"是的。"

"你瞧，我那女人会嚷得棕榈海滩县全听得见，更不用说打掉我的门牙了。你不知道我那个女人，她有九十九排门牙，你要是真把她惹急了，她会从齐后裤兜高的石块中硬走过来。"

"我的珍妮是个快活的女人，她过过好日子，我不是从马路中间把她搞来的，我是把她从一所漂亮的大房子里搞出来的，就是现在她银行里存的钱也足够把这帮人买下来送人的了。"

"别瞎扯了！她和大家一样在这块沼泽地上！"

"我要上哪儿珍妮就到哪儿，她就是这样的一个妻子，我就爱她这一点。我不愿意打她，昨晚要不是因为老特纳太太把她弟弟叫来想引诱珍妮，把她从我身边夺走，我是不会打她的。我不是因为珍妮做了什么错事打她，我打她是为了让特纳家那些人知道知道谁是一家之主。有一天我坐在厨房里，听见那个女人告诉我的妻子，说我皮肤太黑配不上她。说她不明白珍妮怎么能容忍我。"

"你到她丈夫那儿告她去。"

"呸！我看他怕她。"

"把她门牙给打掉让她咽下去。"

"那样会显得她能起什么作用，实际上她什么作用也起不了。我就为让她明白是我控制一切。"

"这么说她靠挣我们的钱活着，可是不喜欢黑人，是吗？好吧，两个星期之内咱们让她离开这儿，我现在马上到所有的男人面前去，对她来个落井下石。"

"我不是因为她干的事生她的气，因为她还没有干出什么不利于我的事来，我是因为她脑袋里的念头而生气。她和她一家子都得走。"

"我们支持你，甜点心，这你是知道的。根据她的那些想法来看，特纳那娘们儿精得很，看来她听说了你妻子在银行里存的钱，想方设法要把她引诱成她们家的人。"

"湿到底，我认为主要是珍妮的长相而不是钱。她是个肤色狂，你很少遇见她这种念头的人。要是谈起她，她既不真实，当成故事讲又没趣。"

"就是的，她太了不起了，这儿盛不下她了。她觉得我们只不过是一群愚蠢的黑鬼，所以她这只母牛要长出犄角来逞能了。这纯是胡扯，她到死也甭想长出犄角来！"

星期六下午当工票变成了钞票以后，大家都开始买烈酒喝，并且喝得醉醺醺的。黄昏时分，贝拉沼泽满是吵吵嚷嚷、步履不稳的男人，许多妇女也都装了一肚子酒。警长开着高速福特汽车从一个小舞厅赶到又一个小舞厅和饭馆拼命想维持秩序，不过很少抓人。既然没有足够的监牢把所有的醉鬼都抓起来，抓上几个干什么？他所能做到的只是平息斗殴，以及在九点钟前把白人统统弄出黑人区。狄克·斯特赖特和库德梅的情况看来最糟，他们喝下去的酒指挥他们推推搡搡到处转悠乱吵乱嚷，他们也正在按此指挥行事。

过了许久他们来到了特纳太太的饭馆，看见这里已经客满。甜点心、炖牛肉、湿到底、布提尼、汽船等老熟人全都在。库德梅直起身子，似乎感到很惊奇，问道："嗨，你们大伙在这里干吗呢？"

"吃饭，"炖牛肉说，"他们有炖牛肉，所以你知道我会来的。"

"有时候我们大家都想换换口味，不吃老婆做的东西，所以今晚我们都不在家里吃饭。反正特纳太太这儿的饭菜是城里最好的。"

特纳太太在餐厅里出出进进，听见了湿到底的这番话，眉开眼笑。

"看来你们最后来的两个人得等座儿了，我这儿现在全坐满了。"

"没关系，"斯特赖特不以为然地说，"你给我来点炸鱼，我可以站着吃炸鱼，再加一杯咖啡。"

"给我来上一盘炖牛肉，也要咖啡，太太。斯特赖特和我一样醉，要是他能站着吃，我也行。"库德梅醉醺醺地靠在墙上，大家全都笑了起来。

很快在特纳太太那儿上菜的女招待把他们点的菜端来了，斯特赖特接过他的鱼和咖啡，站着端在手里。库德梅却不像他该做的那样把他的一份从托盘上端下来。

"你给我端着，姑娘，让我这样吃。"他对女招待说。他拿起叉子，就着托盘吃起来。

"谁也没时间把吃的东西给你端着，"她对库德梅说，"给你，自己拿着。"

"你说得对，"库德梅说，"给我放在这里，湿到底可以把他的椅子让给我。"

"你胡说，"湿到底反驳道，"我还没吃完呢，我还不想站起来呢。"

库德梅试图把湿到底从椅子上推开，湿到底反抗着。这引起了一阵推推搡搡，洒了湿到底一身咖啡，于是他朝库德梅扔了一只碟子，但打在了布提尼身上。布提尼把粗厚的咖啡杯朝库德梅扔过去，差一点砸着炖牛肉。就这样大打出手，特纳太太从厨房跑来，这时甜点心站起来，一把抓住了库德梅的领子。

"诸位听着，别上这儿来捣乱，特纳太太是个好人，不能在她这儿闹。实际上，她比沼泽地带所有的人都要好。"特纳太太向甜点心高兴地微笑。

"我知道，咱们都知道，可是我才不管她有多么好呢，我得有地方坐下吃饭，湿到底也甭想吓倒我，叫他像个男子汉那样来打一架。把你的手拿开，甜点心。"

"不，不拿开，你给我出去。"

"谁敢来把我弄出去？"

"就是我。我在这儿，不是吗？如果你不想尊重特纳太太这样的好人，老天在上你得尊重我！走，出去，库德梅。"

"放开他，甜点心，"斯特赖特大声说道，"他是我的朋友，我们一起来这儿的，我要是不走他哪儿也不去。"

"好，那你们俩一块儿走！"甜点心喊道，同时紧紧抓住库德梅。多克里一把抓住斯特赖特，扭打作一团。别的人也参加了进来，盘碟和桌子开始哗啦啦地摔在地上。

特纳太太沮丧地看到，甜点心要把他们弄出去，结果比让他们待在店里还糟。她跑到后院的什么地方，把她丈夫找来平息事端。他走了进去，看了一眼，便缩在远处角落的一张椅子里，一句话也没有说。于是特纳太太奋力挣扎到人堆中，抓住了甜点心的胳膊。

"行了，甜点心，谢谢你的帮助，不过，随他们去吧。"

"不行，特纳太太，我要让他们知道知道，只要有我在，他们就不能随随便便到一个地方来欺负好人，大吵大嚷。他们得出去。"

此时，所有在场的人都参加进来支持自己的一方。不知怎的特纳太太倒在了地上，可谁也不知道她倒在扭打的人群下，混在摔破的盘碟、缺腿的桌子、折断了的椅子腿和破玻璃之类的东西之中，最后到了这种程度，不管你把脚踩在地上什么地方，都陷在齐膝盖深的东西里。可是甜点心不停手地一直打到库德梅对他说："我错了，我错了！你们对我说的全是对的，是我没有听。我不生你们的气，为了向诸位表明我不生气，我和斯特赖特请大家喝点什么。威克斯老头在巴荷基有好酒，走，大伙儿都去，往肚子里装酒去。"大家高兴起来，一起走了。

特纳太太从地上爬起，扯开嗓子喊警察。看看她的饭馆！怎么搞的没有一个人去叫警察？这时她发现她的一只手被人踩了，手指头上鲜血直流。两三个打闹时没有在场的人从门外探进头来表示同情，但这使特纳太太火气更大了。她让他们赶快滚蛋。然后她看见丈夫坐在远处的角落里，两条瘦长的腿交叉搭着，吸着烟斗。

"你算个什么男人，特纳？眼看着这些下贱的黑鬼到这里来把我的馆子砸个稀烂！你怎么能坐在那里看着你老婆给人踩在脚底下？你根本不是个男人。你看到那个甜点心把我推倒的！是的，你看到了！你可是连手指头都没抬一下。"

特纳把烟斗从嘴里拿出来，回答道："是的，你也看到了我是多么气愤，是吧？你告诉甜点心，他最好小心点别让我再生气。"说完，特纳把压在下面的腿搭在了另一条腿上，接着又抽开了烟斗。

特纳太太用她那只受伤的手使出了最大力气向他打去，然后滔滔不绝地数落了他半个小时。

"幸亏这事发生时我弟弟不在，不然他准会宰了谁。我儿子也会这样。他们有点男子汉的精神。咱们回迈阿密去，那里的人文明。"

当时没有人告诉她，她的儿子和兄弟在饭馆门外受到了直截了当的警告，然后他们就上了路。他们可没时间闹着玩，急匆匆奔向了棕榈海滩。过些时候特纳太太会知道这件事的。

星期一上午斯特赖特和库德梅到饭馆来了，使劲请她原谅，还每人给了她五块钱。库德梅说："星期六晚上我喝醉了，出尽了洋相，我什么也记不得了。当我酒意开始消失的时候，他们告诉我我简直不像话。"

18

  自从甜点心和珍妮与沼泽地带的巴哈马工人交上了朋友，他们这些"跳拉锯舞的人"逐渐被吸引到美国工人群伙里来。当他们发现，美国朋友不像他们所害怕的那样笑话他们的舞蹈，他们跳舞时便不再躲躲藏藏。很多美国人也学会了他们的跳法，和巴哈马人一样喜欢这种舞，因此他们在住处一夜又一夜地跳，通常地点就在甜点心家房子后面。甜点心和珍妮常常在火堆边跳到很晚，这样他就不让珍妮和他一起下地干活了。他要她休息好。

  这样，一天下午她一个人独自在家时，看见一群西米诺尔人①走过。男人们在前面走，背着东西，表情滞呆的女人像跟屁虫样跟在他们后面。她在沼泽地好几次看到过三三两两的印第安人，但这次人很多。他们朝棕榈海滩路的方向走去，速度不变地前进着。大约过了一个小时出现了另外一群印第安人，向同一方向走去。然后太阳落山前又有一批人走过。这一次她问他们到什么地方去，最后一个男人回答了她。

  "到高处去。锯齿草开花了。飓风要来了。"

  当晚，人人都在谈论着这件事，不过谁也不担心。火堆旁跳舞的人一直跳到天快亮的时候。第二天更多的印第安人往东去，

---

① 西米诺尔人（Seminoles）：居住在美国佛罗里达州和俄克拉荷马州的北美印第安人。

不慌不忙但不断地往前走。头上仍是一片蓝天，天气晴好。豆子长得旺，价钱也好，因此印第安人可能错了，一定是错了。要是摘一天豆子能挣上七八块钱，不可能有什么飓风，印第安人反正愚蠢得很，一向如此。炖牛肉的鼓声妙入毫颠而又活力十足，跳舞的人的动作就像有生命的奇形怪状的雕塑。又一个这样的夜晚过去了。第二天一个印第安人也没有经过这里，天气又热又闷，珍妮离开地里，回家去了。

次日早上一丝风也没有，连像婴儿呼吸那么细微的风都从地球上消失了。甚至在太阳尚未放光之时，死沉沉的白昼就已从一丛灌木悄悄移向另一丛灌木背后注视着人类了。

一些兔子匆匆穿过人们的住处向东跑去。一些负鼠偷偷溜过，去向也很明确。先是一次一两只，后来就多了，到人们从地里收工回来时就接连不断地出现了。蛇，包括响尾蛇开始穿过居住区，男人们打死了几条，但还能看到它们一群群地滑行。大家在屋里一直待到天亮。夜里有好几次，珍妮听到了像鹿之类的大动物的鼻息声。有一次她还听到了一只黑豹压低了的声音。向东边、东边走去。那天夜里，棕榈树和香蕉树发出了和远处的雨声相呼应的声响。有好几个人害怕了，管它三七二十一拿起东西就到棕榈海滩去了。上千只红头鹫在头顶上盘旋，然后飞到云层之上，再也没有飞下来。

一个巴哈马青年经过甜点心家时把车停下大声叫他，甜点心一面向外走，一面回过头向屋里笑。

"你好，甜点心。"

"你好，利亚斯，你要走了，我知道。"

"对，你和珍妮想走吗？我得弄明白你们俩是不是有办法离开，才能答应别人搭我的车。"

"太感谢了，利亚斯，不过我们已经决定不走了。"

"乌鸦聚群了，老兄。"

"那有什么，你没看见老板走吧，对不对？好啦，老弟，沼泽地挣钱太容易了。明天就该晴了，我要是你就不走。"

"我叔叔来接我了，他说棕榈海滩已经发了飓风警报。那边情况稍好一点，可是老兄，这片沼泽地地势太低，那个大湖也可能决口。"

"好啦，老弟，屋里有几个年轻人正谈这事呢，他们有的已经在沼泽地待了好多年了，只不过是刮点风而已。等明天你再回到这里来，会损失掉整整一天的时间。"

"印第安人往东去了，老兄，这次很危险。"

"他们也不一定都知道，老实说，印第安人什么也不懂，要不然他们现在还会是这个国家的主人。白人哪儿也没去，要是有危险，他们应该知道。你最好还是留下，老弟。今晚天气好了，以后就在这儿跳舞。"

利亚斯犹豫了一阵，想下车，但他叔叔不让他下。"明天这个时候你就会后悔没跟着乌鸦走。"他愤愤地说着，开车走了。利亚斯快活地向他们挥手。

"要是我在地球上再看不到你们，咱们非洲见。"

别的人也和印第安人、兔子、蛇、浣熊一样匆匆往东而去，但大多数人都围坐在一起笑着，等待着太阳重新变得友好起来。

好几个人聚集在甜点心家里，坐在那里互相往别人耳朵里打气壮胆。珍妮烤了一大锅豆子和她称作甜软饼的东西，大家都想法子高兴了起来。

多数能使谈话热烈的人都在场，很自然他们谈起了征服者大约翰和他的所作所为，谈到他如何在地球上干尽大事，然后没死就进了天堂，弹着吉他，让所有的天使围着宝座团团转着欢呼。后来，除了上帝和老彼得以外，其他人全都参加了往返耶利哥城的飞行比赛，征服者约翰得了第一，他就下到地狱里，把老魔鬼打了一顿，发给那儿每个人冰水喝。有人说约翰奏的是竖琴，可别人连听也不听。不管谁能把竖琴弹得多么好，上帝也宁愿听吉他。这使他们想起了甜点心，为什么他不能弹几下？好吧，让咱们都听听吧。

大家正十分开心的时候，泥孩醒了，开始和着节奏唱了起来，唱到每行的最后一个词，在场的人都大声附和：

　　你妈没穿裤衩

　　我看见她脱下

　　把它泡在酒中

　　卖给了圣诞老人

　　他说穿脏裤衩

　　告诉她这犯法

完后，泥孩脚痒痒，就疯跳了起来，把自己和别人都跳疯了，跳完舞他重又坐在地上睡着了。他们开始玩佛罗里达牌戏，玩碰对牌戏。后来又玩掷骰子。他们不赌钱，而是为了露一手，个个变着花样掷。最后总是只剩下甜点心和汽船两个人,甜点心腼腆地微笑着,汽船的脸像刚从教堂塔尖上飞来的黑色的小天使,不管是谁的骰子,到他们手里都能掷出惊人的花色。别的人观看他们掷骰子,忘了活计,忘了天气。这是艺术。在麦迪逊广场公园里一千块钱赌注掷一次也不会比这更使人紧张揪心,只不过在那里会有更多的人把焦急憋在心里。

过了一会儿有人朝外面看了一眼,说:"外面天气可没有晴起来,看来我该回我的住处去了。"汽船和甜点心还在玩掷骰子,别的人就都走了。

那晚不知什么时候,又刮起风来,世界上的一切都发出格格的响声,又短又脆,就像炖牛肉用手指敲鼓面的边缘部分发出的声音。天亮时,那声音就变成加布里埃尔[①]在鼓的中心敲击出的低音了。当珍妮向门外看去时,她看到飘动的雾气在西边聚集起来,那里是一片云海,云用雷霆将自己武装起来,然后出发去征服世界。乌云升起压下,在高空、低空散布得越来越广,雷声越来越响,天越来越暗。天空中充满了声响与运动。

老奥基乔比被惊醒了,这妖怪开始在床上翻腾。它开始翻腾抱怨,像恼怒的世界在发牢骚。在宿营点的老百姓和远处湖边高宅中的人们听到了大湖发出的声响,不禁琢磨开了。宅子里的人们感到不安,但有防波堤把那不可理喻的妖怪拴在它的床上,他们还是觉得很安全。老百姓则把动脑筋想办法的事留给了宅子里的人去做。要是城堡认为自己很安全,木屋就用不着担心。他们

---

① 加布里埃尔:犹太及早期基督教传说中的大天使,上帝的信使。

已经像通常那样做出了决定。堵上你们的裂缝，在你们的湿床上打抖，然后等待上帝的怜悯。反正老天爷可能在天亮前就会使这一切停止下来。人们在白天很容易就充满希望，你可以看得见你希求的东西。但现在仍是黑夜，而且黑夜在继续。黑夜将整个世界掌握在它手中，在一片虚无中大步跨过。

一阵惊雷和闪电踏过房顶，甜点心和汽船停止了掷骰子，汽船以他天使般的神情抬头看了看，说："老爷在楼上拉椅子呢。"

"虽然你们没在赌钱，停下掷骰子这勾当我还是很高兴，"珍妮说，"老爷在干他的事呢，咱们应该安静点。"

他们紧挤在一起望着门，他们就使用身体的这一个看的器官，望着门这一样东西。要去询问白人穿过门想看到什么已经太晚了，六只眼睛在询问着上帝。

在呼啸的风声中他们听到了摔破东西的声音，听到了各种东西以难以置信的猛烈程度冲撞碰砸的声音。一只极小的兔子惊恐万状地从地板上的一个洞里钻了出来，靠墙蹲在阴影里，好像知道在这种时候没有人想吃它的肉。湖水越发狂暴，与他们之间只隔着堤坝了。

在风暴暂息的片刻，甜点心碰了碰珍妮，说："你现在大概希望留在自己的大宅子里，远离这样的情形，是吧?"

"不。"

"不?"

"是的，不希望。人不到该死的时候不会死，这与你在什么地方不相干。我无非就是和丈夫在一起遇上了风暴而已。"

"谢谢你，夫人。但是假如你现在会死去，你不会因为我把你拽到这个地方来而生我的气吧？"

"不会，我们已经一起生活了两年了，如果你能看见黎明的曙光，那么黄昏时死去也就不在乎了。有这样多的人从来都没有看到过曙光。我在黑暗中摸索，而上帝打开了一扇门。"

他往地板上一坐，把头放在她怀里，"那么珍妮，你从来没有把你的心思说出来，因为我根本不知道你和我在一起时是这样的满足，我以为——"

风以三倍的疯狂再次刮起来，最后一下把灯吹灭了。他们和别的棚屋中的人一样坐着，两眼拼命盯着粗陋的墙壁，灵魂在询问着：上帝是否意在让他们以微不足道的力量与自己较量。他们好像是在凝视着黑暗，但他们的眼睛在仰望上苍。

甜点心顶着风走到外面，立刻看到风与水给人们认为无生命的许多东西注入了生命，又将死亡带给这么多曾经是活着的东西。到处都是水。离群的鱼在院子里游动，再涨三英寸水就进屋了。有的房子已经进了水。他决定想办法去找一辆汽车，好在情况变得更糟之前把人们弄出沼泽地带。他回到屋子里把这个打算告诉了珍妮，这样她好准备准备随时离开。

"把咱们的保险票据找出来，珍妮，我的吉他啦什么的我自己拿。"

"你已经把梳妆台抽屉里的钱都拿出来了吗？"

"没有呢，赶快去拿来，把桌布割下一块来把钱包上，咱们很可能会一直湿到脖子。快把那块油布割下一块来包票据。咱们得离开这儿，也许还不算太晚。那盆子样的湖已经再也受不住了。"

他一把将油布从桌上扯下来，拿出他的小刀。珍妮把油布拉直，他从上面割下了一长条。

"可是甜点心，外面太可怕了。也许待在这儿的水里也比想要——"

他用两个字就把珍妮的异议打了回去："收拾。"说完就奋力走到外面。他比珍妮见多识广。

珍妮拿了一根大针，粗针大线地缝了一个长袋子，她找了点报纸把钞票和票据包好塞进袋里，拿针用交叉线把袋口缝死，她还没来得及把这东西在她工作服口袋里完全藏好，甜点心就冲了进来。

"没有车子了，珍妮。"

"我猜就不会有。咱们怎么办？"

"咱们只好步行走了。"

"在这样的天气走，甜点心？我相信我连这个住宿区都走不出。"

"啊，你能走得出去的，你我和汽船可以把胳膊挽在一起互相保持平衡，是吧，汽船？"

"他在那边床上睡觉呢。"珍妮说。甜点心在原地叫道："汽船，你还是爬起来的好！这儿已经天翻地覆一团糟了。马上就起来！在这种时候你怎么还能睡觉？院子里水已经没膝盖了！"

他们踩进了几乎深及臀部的水里，设法向东去。甜点心不得不把吉他扔掉，珍妮看到这使他万分痛苦。他们躲着空中飞的、水上漂的危险物，避免陷到坑里去。现在风从他们背后刮来，这使他们受到鼓舞，终于来到了较干的地方。他们必须拼命坚持不让风把他们刮到不该去的方向上，而且要紧紧拉在一起。他们看见别的人和他们一样在挣扎行进，这里或那里可以看到倒塌的房屋、惊恐的牛群。尤其是风和洪水的巨大冲力，还有湖。在这多种声音组成的咆哮中，可以听到岩石与木材巨大的摩擦声以及一种呜咽声。他们回头看去，看到人们企图在狂暴的洪水中奔跑，发现无法跑时便尖叫起来。堤坝的一部分，加上木屋，像一面巨大的壁垒正翻滚着卷向前去。这堵高达十英尺、一眼望不到边、发出低沉的轰隆声的墙和被阻在它背后的湖水像一台宇宙规模的压路机向前推进着。这头怪兽已离开了床，那时速二百英里的风吹开了它的锁链，它抓起堤坝向前奔跑，一直跑到居民点，把房子像小草般连根拔起，然后继续向本应征服它的人冲去，卷起堤坝，卷起房屋，将房子里的人和其他木材等一齐卷起。大海以沉重的脚步走遍地球。

"湖水漫过来了!"甜点心气喘吁吁地说。

"湖水!"汽船惊恐地说，"湖水!"

"朝我们涌过来了!"珍妮战栗着说，"我们不会飞!"

"但是我们还可以跑。"甜点心大声说道。他们跑了起来。滔滔的洪水比他们跑得更快。湖水的主体仍受到阻挡，但在那堵翻腾推进的巨壁上的无数裂缝中向外喷涌着水流。三个逃命的人跑过一片小坡顶上的一排棚屋，速度加快了一点。他们竭尽全力喊道："湖水漫过来了!"于是闩着的门打开了，其他的人参加进来和他们一起逃命，一面走一面也喊："湖水漫过来了!"追赶他们的洪水咆哮着，对他们喊着："是的，我来了!"能跑的人都跑了。

他们来到了小丘上的一所高屋前，珍妮说："咱们在这儿停下吧，我再也走不动了，我已经筋疲力尽了。"

"我们全都筋疲力尽了，"甜点心纠正道，"咱们不管是死是活，先进屋子里去躲一躲风雨再说。"他用刀柄敲门，其余的人把脸和肩膀都靠在墙上。他又敲了一遍门，然后和汽船绕到屋后撬开了一扇门。屋里没人。

"这些人比我有见识，"大家倒在地板上、躲在那儿喘息时，甜点心说，"咱们在利亚斯让我走的时候应该和他一起走的。"

"你当时不知道，"珍妮争辩道，"你不知道的时候就是不知道。暴风雨也不见得肯定会来。"

他们很快就睡着了，但珍妮最先醒来。她听到了急速流动的水声，坐起了身子。

"甜点心，汽船，湖水漫过来了！"

湖水确实在漫过来，慢了一些，水面更宽了一些，但仍在向这边漫过来。它已冲垮了多数的堤坝，由于向四面漫开，水头低了一些。但是它仍然像个疲劳了的巨怪一样发出低沉的隆隆声向前推进着。

"这是一所很高的房子，也许水根本到不了这儿，"珍妮用商量的口气说，"就是到了这儿，兴许也到不了楼上。"

"珍妮，奥基乔比湖有四十英里宽、六十英里长，里面水可是够多的。如果风把整个湖往这边刮，要吞掉这所房子易如反掌。咱们最好还是走。汽船！"

"干什么，老兄？"

"湖水漫过来了！"

"啊，没有，没漫过来。"

"向这个方向来了！你听！能听得见远处的水声了。"

"随它来吧，我就在这儿等着。"

"起来，汽船！咱们走到棕榈海滩公路上去吧，那条路有路堤，到那儿咱们就安全了。"

"我在这儿就挺安全，老兄，你要想走你尽管走，我困了。"

"要是湖水到了这儿你怎么办？"

"上楼。"

"要是水到了楼上呢？"

"游泳呗，老兄，那有什么。"

"嗯，那么再见吧，汽船。情况不妙，你是知道的。咱们可能彼此见不到了。你确实是一个了不起的朋友。"

"再见，甜点心。你们俩应该待在这里睡上一觉，老兄。像这样离开这儿，把我一个人留下，一点用也没有。"

"我们也不想把你留下，和我们一起走吧，很可能到晚上时水会把你困在这里，就是因为这个我才不愿留下。走吧，老弟。"

"甜点心，我得睡觉，这是毫无疑问的。"

"那么再见了，汽船，祝你好运气。等这一切过去之后，和你一起到拿骚去拜访你的家。"

"没问题，甜点心，我妈妈的房子随你支配。"

甜点心和珍妮在离开那座房子挺远的地方碰上了危险的深水，他们不得不游了一段距离，而珍妮每次只能游上几下，因此甜点心不得不托起她，直到他们终于碰上了一道通向公路路堤的岗子。他似乎觉得风势减弱了一点，所以他老想找个地方休息休息，喘口气。他上气不接下气，珍妮也累了，一瘸一瘸的，但是她刚才不需要在湍流中拼命游，因此甜点心比她更累。然而他们不能停下，到达路堤是个胜利，但还不能保证万无一失，湖水仍在上升，他们必须到六里桥，那儿很高，也许会安全。

人们全都在路堤上行走，急急匆匆，拉着扯着，跌倒的，哭喊的，满怀希望或绝望地叫着名字的。风雨鞭笞着老人，鞭笞着婴儿。甜点心累得绊倒了一两次，珍妮把他搀起。这样，他们来到了六里弯的桥上，打算休息一下。

但是那儿挤满了人。白人已抢先到了这个高处，再也容不下旁人。他们只能爬上高的一侧然后从另一面下去，如此而已。眼前仍有许多路程，不能休息。

他们走过一个坐在吊床上的死人，野兽和蛇将死尸团团围住。共同的危险使它们变成了朋友，谁也不去征服别的动物。

另一个人紧抱着一小片孤岛上的一株柏树，一所建筑物的白铁皮屋顶被电线缠挂在树枝上，风将屋顶吹得来回摆动，像柄巨斧。那人一步也不敢向右边移动，深恐那挤压过来的巨刃会将他劈成两半。他也不敢向左移动，因为一条巨大的响尾蛇正昂着头伸直着身子躺在那里。在这个小岛与路堤之间有一片水，那个男子紧抱着树喊救命。

"那蛇不会咬你的，"甜点心大声对他喊着，"它吓得不敢盘起身子，怕被风刮跑。从蛇这边绕过来游开。"

很快甜点心感到自己再也走不动了，至少眼下走不动了。他顺着公路躺下来休息。珍妮挨着他在风刮来的一边躺下，他闭上了眼睛，让疲劳从四肢一点点地渗出。路堤的两边都是大片的水，和湖一样，水里满是活着的和死去的东西，水里不该有的东西。极目所见之处，水与风在肆虐。一大块盖屋顶的油毡在空中掠过，沿路堤飞着，最后挂在一棵树上。看见这块油毡珍妮高兴极了，正好用来给甜点心盖上。她可以靠在油毡上使它不致被风刮跑，反正风已经不像原先那么大了。正是她需要的东西。可怜的甜点心！

她爬到油毡那儿，抓住了两侧。风立刻把她和油毡刮了起来，她看到自己被吹到路堤右侧，越刮越远，下面是波浪拍击的水面。她拼命尖叫，放开了油毡，油毡飞走了，她落入水中。

"甜点心！"他听见了她的呼喊，纵身跳起。珍妮拼命想游过来，可是在水里挣扎得太厉害了。他看见有一头奶牛正缓慢地斜着向路堤游来，背上坐着一条巨大的狗，那狗浑身颤抖，不住地嗥叫。奶牛正游近珍妮，她只要划几下水就可以到奶牛身边。

"游到奶牛那儿，抓住它的尾巴！别用脚，光用手划水就行了，对，就这样，快！"

珍妮抓到了牛尾巴，在牛的后臀处把头尽可能多地抬出水面。由于负担加重，牛向下沉了一点，它吓得四脚乱蹬了一阵，以为是被鳄鱼咬住了往下拉它。后来它又继续向前游。那只狗站了起来，像狮子样吼叫着，脖上的毛直立，肌肉绷得紧紧的，牙龇着，充满怒气要向珍妮冲过去。甜点心像水獭般扎入水中，一边打开了他的刀子。那只狗从奶牛背上跑向珍妮，珍妮尖叫着往牛尾巴尖上滑，狗狂怒的牙齿刚好够不着她。狗想跳入水中咬她，但不知为何害怕水没下来。甜点心在牛臀处露出水面，一把抓住了狗的脖子。但这是一只十分强壮的狗，而甜点心又极度疲劳，因此没能如愿地一刀把狗杀死。不过狗也挣脱不开甜点心的手，双方厮打起来，狗竟然在甜点心的颧骨上方咬了一口。后来甜点心结果了它，把它扔到水底待着去了。减去了重负的奶牛带着珍妮先游到了路堤，甜点心才游了过来，无力地爬上路堤。

珍妮开始忙着收拾他脸上狗咬的地方，担心不已，可是他说没事，"不过要是它这一口咬高了一英寸，咬了我的眼睛，那后果就不堪设想了。你要知道，商店里是买不到眼睛的。"他扑通一下躺在路堤边上，就好像暴风雨根本不存在似的，"让我休息一会儿，然后咱们怎么着也得走到城里去。"

从太阳和钟表判断，他们是第二天到达棕榈海滩的。要是就他们身体的感觉而言，他们是用了许多年才走到的。他们经历了无数个困难和痛苦的冬天，希望、无望、绝望，不断交替出现，如旋转的轮子。但当他们走近这座避难的城市时，风暴已经刮过去了。

到处是一片劫后的混乱。在沼泽地带，风肆虐于湖泊树木之间，在城市里则横行于房屋居民之间。甜点心和珍妮站在一旁看着这一片废墟。

"这么乱哄哄的叫我怎么找大夫来给你看脸啊?"珍妮悲声说。

"我没工夫琢磨该死的大夫的事。咱们需要有个地方休息。"

花了许多钱，经过坚持不懈的努力，他们找到了一个睡觉的地方。只能睡觉，根本没有地方过日子。仅此而已。甜点心四下里看了一遍，沉重地坐在床的一侧。

"好吧，"他低声下气地说，"你嫁给我的时候绝对没有指望会落到这一步，是吧？"

"甜点心，从前我曾经什么也不指望，只指望死去，不必再一动不动地站着强颜欢笑。但是你出现了，我的生活有了意义。因此我对我们共同经历的一切感激不尽。"

"谢谢你，夫人。"

"你把我从那条狗那儿救出来，这太高尚了，甜点心。你一定没有像我那样看到了它的眼睛，它不光要咬我，它是想要我的命。我永远也忘不了那两只眼睛，它浑身只有仇恨。真不知道它从哪儿来的。"

"是的，我也看见了，真可怕。我也不愿意做它仇恨的牺牲品，不是它死就是我死，我的折刀说应该它死。"

"要不是你，亲爱的，它会把可怜的我撕成碎片的。"

"你用不着说要不是我，宝贝儿，因为我在这儿，而且我还要你知道这儿有个男子汉。"

19

　　他，那个有着方方的脚趾的存在又回到了他的房子里，他再一次站在他那高大的、平台样的、既无侧墙又无房顶的房子里，手里笔直地举着那把无情的剑。他那匹灰白色的马已经飞奔过水面，轰响着越过了陆地。死亡的时刻已经过去，到了埋葬死者的时候了。

　　"珍妮，咱们已经在这个肮脏、窝囊的地方待了两天了，待得太长了，咱们得离开这所房子、这个城市。我从来就没有喜欢过这个地方。"

　　"咱们上哪儿去呢，甜点心？咱们不知道该去哪儿呀。"

　　"也许是，不过如果你愿意，咱们可以回佛罗里达州北部去。"

　　"我没说要回去，不过假如你——"

　　"我说的不是这个意思，我只是想在你不愿意再待在这里时，尽量不妨碍你去过舒服日子。"

　　"我要是碍你的事——"

　　"你听我说好不好，太太？我这里拼老命，为的是能和她守在一起，而她这儿却——她真该挨钉子扎！"

　　"那好，你提个建议，咱们就去干，反正试试无妨。"

　　"总之我已经休息过来了，这里的臭虫胆子也越来越大了。

我累的时候没有注意到这些臭虫。我出去转转看，看看咱们该怎么办。我什么都愿意试一试。"

"你最好还是待在屋子里休息休息，反正到外面去也不会有什么发现。"

"可是我就想出去看看情况，珍妮，也许有什么工作我可以帮着做的。"

"他们想让你帮着做的事你不会喜欢的。他们抓住所能找到的一切男人，让他们帮着埋死人。他们说他们找的是失业的人，不过他们并不在乎你有没有职业。你给我待在屋子里。红十字会的人在尽其可能给病人和负伤的人治疗。"

"我身上有钱，珍妮，他们不会来麻烦我的。反正我就是想出去看看情况怎样了，我想看看是不是能打听到沼泽地带来的人的消息。也许他们都平安无事，也许不见得。"

甜点心走出门去，四处转悠，看见了恐怖之手在一切事物上留下的痕迹。没有屋顶的房子，没有房子的屋顶，钢铁和石块像木头一样被压扁、压碎。狠毒之母和人类开了个玩笑。

甜点心正站在那儿看的时候，他看见两个人肩上扛着步枪向他走来。是两个白人。他想起了珍妮对他说的话，弯动膝盖跑了起来，但很快他就看到这样做对他没有任何好处，他们已经看见他了，如果他们开枪，距离很近，不可能打不中他。也许他们会径直走过他身旁，也许当他们看到他身上有钱，就会明白他不是个流浪汉。

"喂，吉姆，"高个子的那人喊道，"我们在到处找你。"

"我名字不叫吉姆，"甜点心警惕地说，"你们找我干吗？我又没干什么事。"

"我们就为这找你，因为你没干事。走，咱们去把那些死人埋掉，埋得太慢了。"

甜点心缩在后面辩解道："这和我有什么关系？我是个干活的人，兜里有钱，刚刚被暴风雨从沼泽地赶到这儿来。"

矮个子拿枪很快地比画了一下，"沿这条路走，先生！别找人来埋你！走到我前面去！"

甜点心发现自己是被强迫拉来清理公共场所和埋葬死者的小小队伍中的一员。需要搜寻尸体，然后抬到某个地方集中起来，再埋掉。并不光是在倒塌的房屋里有尸体，尸体还被压在房子底下，混在灌木丛里，漂浮在水面上，挂在树枝上，压在水上漂浮的被毁坏了的东西下面，顺流而下。

车厢里衬着拖网的卡车从沼泽地带和其他边远地区源源驶入，每辆车上都装着二十五具尸体。有的衣冠整齐，有的赤身裸体，有的衣着程度不同地凌乱不整。有的尸体面容安详，双手显得放松，有的死者面露搏斗表情，双眼不解地大睁着。死神来临时他们在望着，努力想看到看不见的所在。

不幸的、阴沉的男子，有黑人也有白人，他们不得不在监视下继续不断地搜寻尸体，挖掘坟墓。在白人公墓中挖了一道横贯公墓的大沟，在黑人墓地里横挖了一道宽沟，有大量的生石灰，尸体一进沟就立刻洒上，这些尸体已经暴露得太久了。人们做出一切努力，尽快用土把尸体盖上，可是警卫的人不让他们这样做，他们接到了命令，需要执行命令。

"喂，大伙听着！别这样把尸体往坑里扔！检查每具尸体，看是白人还是黑人。"

"我们得这么慢慢地办吗？上帝怜悯！我们得检查这种状态下的尸体吗？肤色有什么关系？它们全都需要赶快埋葬。"

"从总部来的命令，他们给白人做棺材呢。只不过是便宜的松木棺材，可总比没有强。别把白人的尸体往坑里扔。"

"那黑人怎么样呢？也给他们棺材吗？"

"没有，找不到足够的棺材。就往他们身上洒上多多的生石灰，埋起来。"

"呸！有些尸体是怎么也认不出来了，分不清是白人还是黑人。"

警卫们为此开了好长时间的会。过了一阵子他们返回来，对人们说："怎么也没法分辨时，就看看他们的头发。别让我抓到你们把白人往坑里扔，不要把棺材浪费在黑人身上。现在搞棺材太不容易了。"

"在这些死人如何去上帝那儿接受最后的审判这一点上，他们倒是挺讲究的，"甜点心对在他旁边干活的人评论说，"看来他们认为上帝对种族歧视法一无所知。"

甜点心干了几个小时的活以后，想到珍妮会为他担心，这个念头把他急疯了，因此当一辆卡车停下等着卸尸体时，他逃跑了。但是人家命令他站住，否则就开枪，可他径直跑去，逃脱了。他看见珍妮如他所想的那样在悲伤地啼哭，他们互相安慰，然后甜点心提起了另外一件事。

"珍妮，咱们得离开这所房子和这个城市，我不想再干那样的活了。"

"好了，好了，甜点心，咱们就待在这儿，待到一切都过去以后再走。他们要是看不见你，就没法子来找你的麻烦。"

"啊，不行，要是他们来搜查怎么办？咱们今天晚上离开这儿吧。"

"上哪儿去，甜点心？"

"最近的地方就是沼泽地带，咱们回那儿去吧，这个城市里尽是麻烦，还强迫人。"

"可是甜点心，沼泽地带也遭了飓风，那儿也有死人需要埋葬。"

"我知道，珍妮，可是决不会像这里这个样子。首先，他们今天一整天都从那儿往这里运尸体，所以剩下要找的不可能太多了，而且那儿死的人也没有这儿多。再说，珍妮，那里的白人认识我们，和不认识你的白人在一起最糟了，谁都和你作对。"

"这倒是真的。白人认识的黑人就是好人，他不认识的就是黑鬼。"珍妮说着笑了，甜点心也和她一起笑了。

"珍妮，我已经反复观察过了，每一个白人都觉得他自己已经认识了所有的好黑人，不必再认识更多的人。就他而言，所有他不认识的黑人都应该受到审判，而且被判在臭气熏天的美国厕所里关上六个月。"

"为什么是美国厕所呢，甜点心？"

"嗯，你知道山姆大叔一向享有最大最好的一切，所以白人琢磨着，任何不如山姆大叔的加固厕所的所在都太舒服了。因此我决意要到白人认识我的地方去，在这里我觉得像个没有妈妈的孤儿。"

他们把东西整理好，偷偷溜出了房子，走了。第二天上午他们回到了沼泽地带。他们苦干了一天，收拾出一所房子来住，这样甜点心第二天便可以出去找点事干。第二天一早他就出去了，与其说是急于干活，不如说是出自好奇。他一整天都没着家，晚上满脸喜气地走进家门。

"你猜我看见谁啦，珍妮？敢打赌你猜不着。"

"我赌个阔胖子你看见湿到底了。"

"是的，我看到他和炖牛肉、多克里、利亚斯，还有库德梅和布提尼。你猜还有谁？"

"天晓得，是斯特赖特吗？"

"不是，他让大水冲走了，利亚斯帮着把他埋在棕榈海滩了。你猜还有谁？"

"你得告诉我，甜点心，我不知道是谁。不可能是汽船。"

"就是他，老汽船！那鬼东西就躺在那所房子里大睡，湖水漫过来把房子冲到远远的一个什么地方，汽船直到暴风雨快过去了才知道。"

"不可能！"

"没错，咱们这儿傻乎乎地怕危险逃跑了，差点送了命，他倒躺在那儿睡大觉，漂着就是了！"

"哈，你知道人们说有造化的走运。"

"没错。我找到活干了，帮着做清理工作，然后他们还要修堤坝，那块地方也得清出来。活多了去了，他们还需要更多的人呢。"

就这样，甜点心精神饱满地干了三个星期。他又买了一支步枪和手枪，他和珍妮互相挑战看谁枪法准，每次用步枪射击时总是珍妮胜过他。她能把停在松树上的小鹰的头打飞。甜点心有点妒忌，但也很为学生骄傲。

大约在第四个星期的中间，甜点心有个下午早早就回了家，抱怨说头疼，疼得躺倒在床上。醒来后肚子饿了，珍妮给他做好了晚饭。但是等他从卧室走到饭桌旁，却又说什么也不想吃。

"你对我说你肚子饿了的!"珍妮埋怨说。

"我以为自己饿了。"甜点心温和地说，两手抱住了头。

"可是我都给你烤好一锅豆子了。"

"我知道你做的好吃，可是现在我什么也不想吃。谢谢你，珍妮。"

他又躺回到床上。半夜里他在噩梦中挣扎，和一个掐着他脖子的敌人搏斗，惊醒了珍妮。珍妮点上灯抚慰他。

"怎么了，心肝?"她一再安慰道，"你得告诉我你怎么啦，好让我和你分担呀，宝贝，让我和你一起承受你的痛苦。你哪儿疼，亲爱的?"

"睡梦里有个什么东西抓住了我，珍妮，"他差点儿哭了出来，"想要掐死我。要不是你我就死了。"

"你干活干得太累了。现在好了，心肝，我在这儿。"

他重又睡着了，但无法回避的事实是，他确实病了。早上他吐了，还想去干活，可珍妮根本不听他的。

"我要是能干完这个星期就好了。"甜点心说。

"你出生之前人们就一星期一星期地干活，你死了以后他们也还会一星期一星期地干活。躺下，甜点心，我去找大夫来给你看病。"

"我没那么严重，珍妮。你看，我还能到处走呢。"

"可是已经不能觉得无所谓了。暴风雨以后这一带很多人得热病。"

"那你走之前给我点水喝。"

珍妮舀了一杯水拿到床前。甜点心接过喝了一大口在嘴里，便剧烈作呕，把嘴里的水吐了出来，茶杯也扔在了地上。珍妮惊恐万分。

"你怎么喝了水会这样，甜点心？你让我给你水喝的。"

"这水有毛病，差点把我噎死。昨天夜里我跟你说过有什么东西跳上身来要掐死我，可你说是我在做梦。"

"说不定你是让女巫附体了，心肝，我看看出去时能不能找到点芥子籽。不过我一定把大夫带回来。"

甜点心没有表示反对，珍妮便匆匆走了。对她来说，甜点心的病比暴风雨还要可怕。等她一走远，甜点心就起来把水桶里的水倒掉，把桶洗干净。然后他挣扎着走到灌溉泵前打满一桶水。他并不是谴责珍妮心怀恶意，而是认为她太不注意。她应该想到水桶像别的东西一样需要常常洗。等她回来他要好好对她说道说道。她到底是怎么想的？他发现自己非常气愤。他慢慢把水桶放在桌子上，坐下来先歇口气再喝水。

终于他舀起一杯水，又清凉又好。仔细一想，他从昨天起就没有喝过水。他就需要喝点水，然后就会有胃口吃豆子了。他发现自己十分想喝水，于是便仰起脖子很快把杯子举到唇边。但魔鬼比他更快，要窒息他，很快地杀死他。把水从嘴里吐掉就好多了。他又一次摊开身子躺在床上，全身发抖，直到珍妮和大夫来到。这位白人大夫在这一带很久了，已经成了沼泽地带的一部分，会用干活的人的语言给工人讲故事。他迅速走进屋子，帽子扣在后脑勺的左边。

"嗨，甜点心，你到底怎么啦？"

"我要知道就好啦，西门斯大夫，不过我可真是病了。"

"好啦，甜点心，没有一夸脱好酒治不了的病。你最近没喝上中意的酒吧，嗯？"他起劲地在甜点心背上拍了一巴掌，甜点心觉得自己应该报以微笑，他使劲想笑，但很困难。大夫打开提包开始看病。

"你气色是不怎么好，甜点心。你发烧，脉搏不太正常。你近来干了些什么？"

"就是干活，玩玩，没干别的，大夫，不过好像水和我作对似的。"

"水？怎么回事？"

"胃里一点水也存不住。"

"还有呢？"

珍妮关切地走到床边。

"大夫，甜点心没把什么都告诉你。我们在这儿遇上了那场飓风，甜点心在水里游了好久，还托着我，又在暴风雨里走了那么多路，一口气都没歇又回来把我从水里救出来，还和那只大老狗搏斗，狗咬了他的脸。他劳累过头了。我早就觉得他要生病。"

"你是说狗咬他了？"

"啊，咬得不重，大夫，两三天就长好了。"甜点心不耐烦地说，"反正那是一个多月前的事了，这回是另外的病，大夫。我估计水还是不干净，肯定会这样的，水里泡过那么多死人，好长时间都会不适于饮用。反正我是这么估计的。"

"好吧，甜点心，我会派人给你送点药来，并且告诉珍妮怎么照料你。总之，我要你在我再来之前自己一个人睡，别让珍妮和你一床睡，听见了吗？珍妮，出来和我上车子这儿来，我要给甜点心点药丸让他马上就吃。"

在屋外他在提包里摸索着，给了珍妮一个小瓶子，里面有几粒小药丸。

"每个钟头给他吃一粒，好让他安静，珍妮，在他哽噎窒息发作的时候别靠近他。"

"你怎么知道他发作过，大夫？我出来就是要告诉你这个。"

"珍妮，我相信咬你丈夫的是一条疯狗，已经来不及弄到那只狗的头了，但症状都在那儿，过了这么长的时间，情况很糟。刚被咬时打上几针立刻就能把他治好。"

"你是说他会死是吗，大夫？"

"肯定会死的，不过最糟的是死前他会极其痛苦。"

"大夫，我爱他爱得要命，告诉我该怎么办，不管什么我都会去做的。"

"你能做的唯一的事，珍妮，就是把他送到县医院去，在那里他们可以把他捆住照护他。"

"可是他根本不愿意去医院，他会以为我烦了，不想照顾他了，上帝知道我不会烦他的。我们把甜点心捆起来，好像他是条疯狗似的，我受不了。"

"差不多就是这么回事，珍妮，他几乎不可能脱离危险，还多半会咬伤别的人，特别是你，那样你就会像他现在这样了。这很危险。"

"大夫，他这病就没有办法治了吗？我们在奥兰多的银行里有的是钱，大夫，你能不能用什么特别的法子救救他，我不在乎要花多少钱，可是求你救救他，大夫。"

"我尽力吧。我马上往棕榈海滩打电话，去要三个星期前他就该打的血清，我一定尽一切力量来救他，珍妮。不过看来太晚了，在他这样的情况下没法吞咽水，你知道，还有别的方面，很可怕。"

珍妮在外面摸索了一阵，尽量想觉得事情不是这样。要是看不见他脸上的病容，她就可以假想一切都不是事实。唉，她想道，那条眼睛里冒出仇恨的大老狗终究还是要了她的命。她真希望当时手从牛尾巴上滑下，立时淹死就得了。但是通过要甜点心的命来杀死她，这实在是太让人无法忍受了。甜点心，这位夕阳的儿子，为了爱她而不得不死去。她久久地凝视着天空，在遥远的蓝天深处是上帝，他是否注意到这里发生的事情？他一定注意到了，因为他知晓一切。这样对待她和甜点心是不是他的本意？这是她无法对抗的东西，她只能痛楚地等待。也许这是一场大玩笑，而当上帝看到已经走得够远了的时候会给她一个暗示的。她使劲在天上寻找可能的暗示。也许是白昼出现的一颗星，也许是太阳的怒吼，甚至就是一阵闷雷。她举起双手绝望地祈求了片刻。这并不完全是恳求，而是在询问。天空仍是冷酷的样子，而且很平静，因此她走进了屋子。上帝不会把心里想做的事全做完的。

甜点心闭着眼睛躺在那儿，珍妮希望他睡着了。他并没有睡着。恐惧抓住了他。这究竟是个什么东西，使他脑子里像着了火，并用钢铁的手指紧攥着他的喉咙？它是从什么地方来的，又为什么老在他的周围不走？他希望在珍妮注意到什么之前这一切能够结束。他想再试着喝水，但他不愿让她看到他的失败。等她一离开厨房他就要走到水桶跟前，不等任何东西有时间阻止他就很快把水喝下。不到万不得已，没有必要让珍妮担心。他听见她清炉子，看到她走出后门去倒炉灰。他立刻一下子跳到水桶前，可是这一回光是看见水就够了，等她进来时他已痛苦地倒在厨房地上。她拍着他，安慰他，把他弄回到床上。她下决心去问棕榈海滩那药的事，也许她能找到一个人专门开车去取一趟。

"觉得好一些吗，甜点心，乖宝贝？"

"嗯哈，好一点。"

"那好，我想用耙子把前院耙干净，那帮男人吐了一院子的甘蔗渣和花生壳，我不想让大夫再来的时候看到还是老样子。"

"别去太久，珍妮，生病的时候不愿意一个人待着。"

她以最快的速度沿街向城里跑去，半路上碰见湿到底和多克里向她走来。

"你好，珍妮，甜点心怎么样了？"

"够呛。我现在去给他搞药。"

"大夫对人说他病了，所以我们来看他。他没来干活我们就有点奇怪。"

"你们坐坐陪他，等我回去再走。他需要人陪着。"

她继续急急向城里走去，找到了西门斯大夫。是的，他已经有答案了。他们没有血清，不过他们已经打电报让迈阿密给送来。她不用着急。最迟明天一早就会送到了，这种情况下人们不会马虎的。不，她租车去取不行，放心回家去等着吧，就这样吧。她到家后，客人站起身来告辞了。

只剩下他们两人以后，甜点心想把头放在珍妮腿上，告诉她自己的感觉，让她亲切地像妈妈一样抚爱他。但湿到底对他说的话使他的舌头像只死蜥蜴一样冰冷沉重地躺在嘴巴里。特纳太太的兄弟又回到沼泽地来了，可他现在得了这个奇怪的病。人是不会无缘无故就病倒的。

"珍妮，特纳家那女人的兄弟回沼泽地干吗来了？"

"我不知道，甜点心，我都不知道他回来这事。"

"据我看你是知道的，你刚才为什么要溜出去？"

"甜点心，我不喜欢你问我这种问题，这说明你病得多么厉害，你毫无理由地吃起醋来。"

"那么你为什么不告诉我就从家里溜出去？你以前从来没有干过这种事。"

"那是因为我尽量不想让你担心自己的病。大夫又要了些药，我去看看药到了没有。"

甜点心哭了起来，珍妮把他像孩子一样拥在怀里。她坐在床边上，摇着他使他平静了下来。

"甜点心，你不用因为我吃醋，首先我谁也不爱只爱你，再说我只不过是个谁也不要只有你要的老太婆。"

"不，你才不老呢，除非你告诉人家你什么时候生的，才让人听着年纪大了，可是用眼睛看你的时候，你年轻得配得上差不多任何一个男人。这不是瞎说。我知道许多男人都愿得到你，而且为能有这一特殊荣幸而努力。我听到过他们说的话。"

"也许是吧，甜点心，我从来没去了解过。我只知道上帝通过你把我从火中抢救出来。我爱你，而且感到很高兴。"

"谢谢你，不过别说你老了，你永远是个小姑娘。上帝要你先和别人度过了你的老年，而把你青春妙龄的岁月留着和我一起过。"

"我也是这种感觉，甜点心，感谢你对我说这样的话。"

"说出事实是很容易的事。你除了人好，还是个漂亮女人。"

"啊，甜点心。"

"就是的，每当我看到一片玫瑰花或别的东西过分炫耀自己、证明自己很漂亮时，我就对它们说：'我要你们有机会见见我的珍妮。'珍妮，你一定要让花有时也能看见你，听见了吗？"

"你就这么说下去吧，甜点心，说多了我就相信你的话了。"珍妮顽皮地说，安置他睡好。就是这时她感觉到了枕头下面的手枪，这使她的心可怕地猛烈悸动了一下，但是他既未提，她也就没有去问。甜点心从来没有脑袋枕着枪睡过觉。"别去管清扫前院的事，"她整理好床直起身子来时，他说，"就待在我看得见的地方。"

"好的，甜点心，就照你的话办。"

"要是特纳太太那罗圈腿兄弟鬼鬼祟祟地在这里转悠，你可以对他说我会用四个刹车让他停下来。用不着他站在旁边看热闹。"

"我什么也不会对他说的，因为我不想看见他。"

当晚甜点心的病严重发作了两次，珍妮看到他脸上的表情变了。甜点心已不存在了，别的什么东西从他脸上向外窥视着。她决定天一亮就去找大夫。因此当甜点心从天亮前刚陷入的极不安稳的睡眠中醒来时，她已起床穿着停当了。当他看到她穿好衣服要出门时几乎咆哮了起来。

"你上哪儿去，珍妮?"

"找大夫，甜点心。你病得太厉害了，家中没有大夫不行。也许我们该送你去医院。"

"我哪个医院也不去，你仔细琢磨去吧。我看你是厌烦了，不愿意照料我了，我对你可不是这样的，我为你干事从来没有烦的时候。"

"甜点心，你病了，总是曲解我的意思，我照料你永远也不会感到厌烦的，我就是害怕你病得太厉害了我照料不好你。我要你好起来，心肝，就是这个原因。"

他凶恶地看了她一眼，嗓子里格格直响。她看见他从床上坐起，转动着身子，以便能看清她的一举一动。她开始对甜点心身上的这个陌生的东西感到害怕。因此当他到院子里去上厕所时，她赶紧去看手枪是否上好了子弹。这是一把装六粒子弹的枪，其中三个弹膛中有子弹。她动手卸下子弹，但又怕他打开枪膛时会发现她知道了他的秘密。这可能促使他混乱的脑子采取行动。要是那个药来了就好了！她把旋转弹膛倒转了回去，这样即使他真向她开枪，也要响三下以后才射得出子弹来。至少她能预先得到警告，她就可以跑开或及时把枪夺下。反正甜点心是不会伤害她的，他只是妒忌，要吓唬吓唬她。她就待在厨房里，和平时一样，一点也没露出她知道的样子。等他好了以后他们会觉得好笑的。不过她找出了那盒子弹，把子弹倒了出来。干脆把那支步枪从床头挡板后面拿出来吧，她退出子弹放在围裙口袋里，把步枪放在厨房的一个角落里，藏在炉子背后几乎是不容易看见的地方。他真要动起刀子来她可以跑得脱。当然她是过于大惊小怪了，但小心没坏处。她不应该让可怜的生着病的甜点心做出什么他以后发现了自己的所作所为会急疯了的事。

她看见他奇怪地一跳一跳地从厕所走出来，头左右摇摆，可笑地紧咬着牙关。这太可怕了！拿着那药的西门斯大夫在哪里？她很高兴自己在这里照料他，要是人家看见她的甜点心处在这样的境地，会对他做出十分恶劣的事来的，会把甜点心当只疯狗，世上谁也不会对他表示仁慈。他只需要大夫带上那药来就行了。他一句话也没说进到屋子里面，事实上，他似乎没有注意到她在那里，重重地倒在床上睡了。当他突然用冰冷古怪的声音对她说话的时候，珍妮正站在炉子旁洗碗碟。

"珍妮，为什么你不能再和我在一张床上睡觉了？"

"甜点心，大夫让你自己一个人睡的，你不记得他昨天对你说的这话了吗？"

"为什么你情愿睡地铺也不愿和我一起睡在床上？"这时珍妮看见在他那只垂在身体一侧的手里拿着手枪，"回答我的话。"

"甜点心，甜点心，心肝！去躺下！只要大夫说行，我会非常高兴地和你一起睡的。去再躺下吧。大夫马上就要拿新的药来了。"

"珍妮，我为了使你幸福什么罪都受了，现在你这样对待我真让我伤心。"

手枪摇摇晃晃地却又很快地举起对着珍妮的胸口。她注意到即使在他精神狂乱之时他瞄得也很准。也许他只不过是瞄准她吓唬吓唬她的，如此而已。

手枪咔哒响了一下，珍妮的手本能地伸向身后拿出了步枪。这一定会把他吓住的。要是大夫马上来就好了！要是能有人来就好了！手枪第二次的咔哒声使珍妮明白，甜点心狂乱的脑子促使他要杀人，于是她熟练地打开枪膛，上了子弹。

"甜点心，放下手枪回到床上去！"手枪无力地在他手中晃动着，这时珍妮向他喝道。

他靠在门旁侧壁上稳住身子，珍妮想要冲上去抓住他的胳膊，但她看见了他迅速瞄准的动作，听到了枪的咔哒声。她看见他眼中凶恶的神情，简直吓疯了，就像那次在大水中一样。她在疯狂的希望与恐惧之中举起了步枪的枪口。希望他会看见步枪后跑开，为自己的生命安全而恐惧。但是，如果甜点心还会考虑到后果的话，他也就不会举着枪站在那里了。他不知道害怕，不知道步枪，他什么也不知道了。就仿佛指着他的枪是珍妮的手指头一样，他丝毫也没有多加注意。她看到他在把手枪举平瞄准的时候全身绷得紧紧的。他身上的恶魔就是要杀人，而珍妮是他看到的唯一活物。

手枪和步枪声几乎同时响起，手枪声稍后一些，听起来像步枪的回声。手枪子弹钻进珍妮头顶上方的搁梁时，甜点心弯缩下身子。珍妮看到了他脸上的表情，跳上前去，他则向前扑倒在她怀里。她正要帮他抬起身来时，他的牙齿咬进了她的上臂。他们就这样一起倒在地上。珍妮挣扎着坐起，用尽方法把胳膊从死去的甜点心的牙关中弄出来。

这是万劫不复的一刻。一分钟之前，她只不过是一个为保全自己的生命而搏斗的吓坏了的人。现在，甜点心的头在她的怀里，她自己成了祭品。她是多么希望他能活着，而他却死了。没有哪个时刻是永存不逝的，但她却有为之哭泣的权利。珍妮把他的头紧抱在胸口哭泣着，无言地感谢他给了她机会钟情地祈祷。她必须紧紧地拥抱他，因为很快他就会离去，她必须最后再对他诉说一次。这时痛苦在黑暗中降临了。

就在珍妮极度哀伤的同一天，她被关进了监狱。当大夫把情况告诉了司法官和法官之后，他们都说必须在当天对她进行审判。没有必要让她等在监狱中来惩罚她。因此，她在监狱只待了三个小时，他们就对她的案子开庭审判了。时间很短很匆忙，但去的人不少。许多白人来看新鲜，几英里之内的黑人全来了。有谁不知道甜点心和珍妮是多么相爱呢？

在法庭上，珍妮看见了穿上大法衣来听她和甜点心的事的法官，另外十二个白人停下了正干着的各种事来听取、来裁夺珍妮和甜点心·伍兹间所发生的一切以及事情的是与非。这也是件可笑的事。十二个对甜点心和她这样的人一无了解的陌生人将审判此案。还有八到十个白人妇女也来看她。她们穿着好衣服，由于有好的食物，皮肤透着粉色。她们可不是穷人。她们有什么必要离开富丽的家到这儿来看穿着工作服的珍妮呢？不过她们并不像很气愤的样子，珍妮想道。如果她能使她们而不是这些男人明白是怎么回事就好了。啊，她希望那个管殡仪的人好好给甜点心整整容，他们应该允许她去处理这事的。是的，还有她十分了解的普列斯柯特先生在场，他会让那十二个人因为她开枪打死了甜点心判她死刑。从棕榈海滩来的一个陌生人会要他们别判她死刑，而他们谁也不认识这个人。

这时她看见在法庭审判室后面的黑人全都站了起来。他们像一箱子芹菜一样紧紧挤在一起，只是颜色比芹菜深。她可以看得出来他们都是和她敌对的。在那儿与她敌对的人是这样多，只要一人轻轻打她一下就能把她打死。她感到他们以肮脏的思想对她痛加质问，他们的舌头已装好子弹上好扳机，这是弱者剩下的唯一真正的武器了。这是在白人面前唯一允许他们使用的杀人工具。

就这样，不久便一切就绪。他们要人们讲话，使他们知道应该怎样处置珍妮·伍兹，甜点心的珍妮的残骸。审判越是进行到严肃时刻，白人席上越安静，但在黑人席上，人们的舌头卷起了一股风暴，像棕榈丛中的风声。他们像唱诗班的人唱诗一样突然一齐说起话来，上半身随着说话的节奏摆动。他们让法警告诉普列斯柯特先生他们要为本案作证。甜点心是个好孩子，他对那个女人非常好，再也没有哪个黑娘们受到过比她更好的对待了，没有过！他为了她像狗一样干活，为了在暴风雨里救出她来差点自己送了命，可等他因为发大水后发了点烧，她就和另外一个男人搞上了，从老远的地方把这个男人叫了来。绞死她都是轻的。他们只需要有个作证的机会。法警走到台前，司法官、法官、警长还有律师都聚集起来听他说了几分钟。然后他们又分开，司法官走上证人席，说明珍妮怎样和医生一起到他家去，以及当他开车到她家时看到的情形。

然后传西门斯大夫，他说明了甜点心的病情、这病对珍妮以及全城有多么危险，他怎样为珍妮担心，并想要把甜点心关到监牢里去，但当他看到珍妮的关怀，就疏忽了，没有这样做；以及当他到他们家的时候，他看到珍妮胳膊被咬伤，怎样坐在地上抚拍着甜点心的头。手枪就在甜点心手旁的地上。作证完毕他退了下去。

"普列斯柯特先生，还有什么新的证据要提供吗?"法官问道。

"没有了，阁下。公诉方停止举证。"

后面座位上的黑人中又开始了棕榈树般的摇摆。他们是来讲话的，不等他们把话说出来公诉方不能停止举证。

"普列斯柯特先生，我有话要说。"湿到底从这无名无姓的人群中未通报姓名便大声说道。

审判室内的人一齐转身向后看去。

"你要是知道好歹，最好闭上嘴，等叫到你再说话。"普列斯柯特先生冷冷地对他说。

"是，普列斯柯特先生。"

"我们在处理这个案子，你们要再说一个字，你们后边的黑鬼谁要再说一个字，我就把你们捆上送到大法庭去。"

"是，先生。"

白人妇女们轻轻鼓了鼓掌，普列斯柯特先生瞪了屋子后面的人一眼退了下去。这时要为她说话的陌生白人站了起来。他和办事员低语了几句后，叫珍妮到被告席上去回答问题。在问了几个小问题后，他让她说出事情发生的经过，让她说实话，说出全部实话，只说实话，对天起誓。

她讲话时大家都探身听着。她首先必须记住她现在不是在家里。她在审判室中，和某样东西斗争着，而这样东西并不是死神。它比死神更糟。是错误的想法。她不得不追溯到很早的时候，好让他们知道她和甜点心之间是怎样的关系，因此他们可以明白她永远也不会出于恶意而向甜点心开枪。

她竭力要他们明白命中注定的事情是多么可怕：甜点心如果摆脱不了身上的那只疯狗，就不可能恢复神智，而摆脱了那只狗，他就不会活在世上。他不得不以死来摆脱疯狗。但是她并没有要杀死他，一个人如果必须用生命换取胜利，他面临的是一场艰难的比赛。她使他们明白她永远也不可能想要摆脱他。她没有向任何人乞求，她就坐在那里讲述着，说完后就闭上了嘴。她讲完后过了一会儿，法官、律师和其余的人仿佛才意识到她已讲完，但她仍继续坐在被告席上，直到律师让她下来为止。

"被告方停止举证。"律师说。然后他和普列斯柯特低声交谈，两个人到法官高坐之处和法官秘密谈了一阵，最后两人都坐了下来。

"陪审团的先生们，被告究竟是犯了冷酷的杀人罪，还是说她是个可怜的被摧垮了的人，一个陷入不幸境遇的忠实的妻子，在将一粒步枪子弹射入丈夫心脏时，实际上是做了一件仁慈的事，这要由你们来决定。如果你们认为她是个恣意行凶的杀人犯，你们就必须裁决为一级凶杀。如果证据不足以证明这一点，那么你们就必须将她释放。没有中间道路。"

陪审团成员顺序退出，审判室开始充满了嗡嗡的低语声。有几个人站起身来各处走动。珍妮缩坐在那里等待着。她惧怕的不是死，而是误解。如果他们裁决她不要甜点心，要他死，那么这就是真正的罪孽，是可耻的。这比谋杀还要糟。这时陪审团的人回来了，按审判室的钟，他们出去了共五分钟。

"我们认为韦吉伯·伍兹之死纯属意外死亡，情有可原，被告珍妮·伍兹不应承担责任。"

她自由了，法官和台上的人都和她一起笑，和她握手。白人妇女流着眼泪像保护墙似的站在她周围，而黑人则垂着头蹒跚着走了出去。太阳几乎已经落下。珍妮曾看到太阳在她苦恼的爱情上升起，后来她开枪打死了甜点心，进了监狱，她被审判是否应获死罪，现在她获释自由了。在这一天剩下的那一点点时间里，她没有别的事可干，只有去拜访那些理解她感情的厚道的白人朋友们，向他们表示感谢。就这样太阳落了下去。

她在公寓里找了一个房间过夜，听到男人们在门前的议论。

"啊，你知道那些白人男人不会对她这样相貌的女人怎么样的。"

"她不是没有杀白人男人吗？只要她不开枪打死白人，她杀多少黑鬼都行。"

"是的，黑女人可以杀死她们想杀的一切男人，不过你最好别杀她们，不然白人肯定会绞死你。"

"嘻，你知道人们怎么说的，'男的白人和女的黑人是世界上最自由的'。他们想干什么都行。"

珍妮把甜点心埋葬在棕榈海滩。她知道他热爱沼泽地，可是那儿地势太低，如果他长眠在那儿，也许每次大雨过后水就会漫过他。不管怎么说，沼泽地和沼泽中的水夺去了他的生命。她要他不受暴风雨的侵扰，所以她在西棕榈海滩的墓地中给他修了一座坚固的穹形墓室。珍妮给奥兰多打电报取出钱来安葬他。甜点心是夕阳之子，再好的葬仪也不过分。管殡仪的人干得十分出色，甜点心庄严高贵地躺在白绸卧榻上，四周是她买的鲜花。他看上去就像要笑出来的样子。珍妮买了一把崭新的吉他放在他手里。等她也到那儿去的时候，他将编出新歌来奏给她听。

　　湿到底和他的一伙朋友总想伤害她，她知道这是因为他们爱甜点心，而且不理解她。因此她给湿到底带口信去，并通过他告诉所有的人关于葬仪的事。这样，下葬那天他们带着满脸羞愧与歉意来参加葬礼，他们想要她很快忘记这些，便都来坐珍妮租好的十辆汽车，坐不下他们还自己租了车加入葬礼的行列。乐队奏着哀乐，甜点心像古埃及的法老般来到了自己的墓地。这一次珍妮没有穿戴上昂贵的长连衣裙和面纱，她就穿着工作服去的。她感到太痛苦了，没有时间去打扮成痛苦的样子。

20

　　由于他们确实爱珍妮，只比爱甜点心的程度稍少一点，也由于他们希望能有个良好的自我感觉，便想要人们忘记他们的敌对态度。因此他们把一切都怪罪于特纳太太的弟弟，将他再一次赶出了沼泽地带。他回到沼泽地带来，摆出一副英俊的模样，把自己置于别人的老婆能欣赏到他的地方。他们要教训教训他。即使女人们没看他，他也没错，但是谁让他那么招摇来着？

　　"不，我不生珍妮的气，"湿到底到处解释，"甜点心确实是疯了，你不能责怪她进行自卫。她爱他爱得要命，你看看她是怎么安葬他的，我心底里对她没有任何不满。要不是出了这事，我也不会觉得有什么，可是那罗圈腿黑鬼回到这里假装要找活干的第一天，他就来问我伍兹夫妇处得怎么样，这说明他有什么打算。"

　　"因此当炖牛肉、布提尼和别的一些人追他，他跑到我这儿来要我救他时，我对他说，你别飞跑着到我这儿来，因为我要把你交出去，我就是这样干的。这狗娘养的！"这就够了，他们打了他一顿，把他赶走，出了口气。反正，他们生珍妮的气生了两整天，这段时间太长了，没法记住其间发生了什么事。精神负担太重了。

　　他们恳求珍妮和他们一起待下去，她待了几个星期，好让他们不感到内疚。但是沼泽地意味着甜点心，而甜点心已经不在那儿了，因此它只不过是一大片巨大的烂泥地而已。她把他们小房子里的一切东西都送了人，只留下了一包甜点心带来要种的菜籽。他始终也没能种下这些菜籽，因为他在等合适的时令，而疾病把他夺走了。菜籽比别的任何东西都更使她想起甜点心，因为他老是在种这种那的。她在葬礼后回到家里，看见这包种子在厨房的架子上，便把它放在了胸口的口袋里。现在她回家了，她打算种下种子，纪念甜点心。

珍妮把结实的双脚在那盆水里搅了搅。疲劳已经消除，于是她用毛巾把脚擦干。

"好了，事情的经过就是这样，费奥比，就像我对你说的这样，现在我又回到家里来了，待在这里我也就满足了。我已经到过地平线，又回到这里，现在我可以坐在我的房子里，在对比中生活了。这所房子不像甜点心来到之前那样光秃秃的了，这里充满了万种情思，特别是那间卧室。

"我知道所有那些坐着聊大天的人不弄明白咱们在这里谈了些什么，是会把肚肠都愁细了的。没关系，费奥比，你告诉他们好了。他们会羡慕我的，因为如果他们有过爱情的话，他们的爱情也和我的爱情不同。你一定要告诉他们，爱情不是磨盘之类的东西，到哪儿都是一样的，不管什么东西到它那儿都得到同样的结果。爱情像海洋，是运动着的东西，不过归根到底，它的形状由海岸决定，而没有一处的海岸是相同的。"

"天啊！"费奥比重重地吐出一口气说，"光是听你说说我就长高了十英尺，珍妮。我不再对自己感到满足了，以后我要让山姆去捕鱼时带上我。他们最好别在我面前批评你。"

"好啦，费奥比，别太讨厌那帮人，因为他们由于无知都干瘪了。他们这些笨蛋非得喋喋不休地讲话来表示他们还活着。就让他们用聊天来自我安慰吧。当然，一个人什么别的事也不能干的时候，聊天也没有什么价值，而听那种谈话就和张开嘴让月光照进你喉咙一样。费奥比，你得亲历其境才能真正了解，这是尽人皆知的事实，爹妈和别的人谁也没法告诉你，指给你。有两件事是每个人必须亲身去做的，他们得亲身去到上帝面前，也得自己去发现如何生活。"

说完以后有一段沉默，因此她们第一次听到风在拨弄松树的声音，这使得费奥比想到山姆在愈来愈焦急地等她，也使得珍妮想到了楼上的那间屋子——她的卧室。费奥比使劲拥抱了珍妮，迅速冲出黑暗而去。

不久楼下的房门全都关上闩好了，珍妮端着灯走上楼去，手中的光如太阳的一个火花，使她的脸浸在火中。身后的影子黑压压地头冲下滚下楼梯。现在她自己的房间又重新变得清新了，从敞开的窗子里吹进来的风扫除了一切由于久不居住而生出的空虚及腐霉感。她走进去坐在床上，梳去路途中落在头发上的尘土，沉思着。

开枪的那一天，血淋淋的尸体，审判室，纷至沓来，在屋子的每一个角落，从每一张椅子和每一件家什那里开始呜咽低叹。开始歌唱，开始呜咽低叹，又哭又唱。这时甜点心来了，在她身旁欢快地跳跃着，于是叹息之歌飞出窗口，停歇在松树尖上。甜点心身披阳光。他当然没有死。只要她自己尚能感觉、思考，他就永远不会死。对他的思念轻轻撩动着她，在墙上画下了光与爱的图景。这儿一片安宁。她如同收拢一张大渔网般把自己的地平线收拢起来，从地球的腰际收拢起来，围在了自己的肩头。在它的网眼里充溢着如此丰富的生活！快来看看这多彩的生活吧！她在自己的灵魂中呼唤。

译后记

佐拉·尼尔·赫斯顿出生于1891年，在美国第一个黑人小城伊顿维尔度过了童年。她的父亲是小城的市长，曾做过小学教师的母亲总是鼓励孩子们"跳向太阳"——要有远大志向。伊顿维尔没有一个白人，因此赫斯顿的童年是在没有种族歧视的环境下度过的。但是母亲在1904年去世后，赫斯顿的童年就结束了，赫斯顿无忧无虑的生活也随之结束。她离开了伊顿维尔，寄宿于各家亲戚之间，用她自己的话来说，她从"伊顿维尔的佐拉"变成了"一个黑人小姑娘"，开始意识到了种族区别和种族歧视的存在。她靠给别人做家务活挣钱，后来给一个流动剧团的女演员做贴身女仆，1917年在巴尔的摩离开剧团，重新读书。1918年至1924年赫斯顿就读于霍华德大学文学系。这期间她结识了许多黑人作家，受到鼓励，开始进行创作。1925年赫斯顿来到了20年代黑人文学的中心、哈莱姆黑人文艺复兴的发祥地纽约。她的作品开始在《机遇》等杂志上出现，她本人也成了哈莱姆文艺复兴运动中的活跃分子。1926年秋，赫斯顿进入伯纳德大学学习人类学，是当时唯一的黑人学生。她仍旧从事创作，但也希望做一个社会学家。她的论文受到哥伦比亚大学人类学家伯阿兹教授的赏识，在他的帮助和支持下，赫斯顿得到了一笔研究资金，加上其他资助，她得以回到南方从事黑人民间故事和传说的收集整理工作，于 1935 年出版了《骡与人》。这是第一部由美国黑人收集整理出版的美国黑人民间故事集。1937 年，当赫斯顿在加勒比地区进行人种史研究时，写出了她最著名的小说《他们眼望上苍》。

《他们眼望上苍》出版后三年，理查德·赖特的《土生子》轰动美国文坛。《土生子》表现了种族歧视与经济压迫在底层黑人身上造成的心灵扭曲，赖特把主人公痛苦无望的内心世界展露在读者面前，清楚地表明他的言行、态度、价值观和命运都由他在美国社会中的地位所决定，社会对他的歧视造成了他的恐惧和仇恨，使他以个人暴力的方式发泄自己的仇恨。一时间，《土生子》式的抗议文学成了美国黑人文学的典范。在赖特看来，《他们眼望上苍》"没有主题，没有启示性，没有思想"，赫斯顿则认为《土生子》中的黑人使读者感到他们的生活中只有压迫，是受压迫下形成的畸形儿，是美国社会的"问题"。由于赫斯顿了解独立存在的、伊顿维尔式的黑人生活，了解她父亲那样有独立人格、决定自己命运的黑人；由于她从内心深信黑人民间口头文学传统和语言的美，她作品中的黑人迥然不同于赖特的土生子，他们不仇视自己的黑皮肤，是和世界一切人种一样有自己的喜怒哀乐的正常人。赫斯顿相信黑人的生活同样是充实的，因此她在作品中反映了黑人的爱情、忠诚、欢乐、幽默、对生活的肯定态度，也反映了生活中必然会存在的不幸和悲剧。但是，在赖特作品风靡的年代，赫斯顿的作品被认为缺乏种族抗议和种族斗争的观点，受到冷落，直到女权运动高涨的 70 年代，她的作品才从尘封中脱出，受到应有的重视。当代著名黑人女作家爱丽丝·沃克说赫斯顿是"一个伟大的作家。一个有勇气、有令人难以置信的幽默感的作家，所写的每一行里都有诗"，并说，"对我来说，再也没有比这本书（《他们眼望上苍》）更为重要的书了"。当她终于找到了赫斯顿湮没在荒草中没有墓碑的坟墓时，她为自己这位文学之母立了一块墓碑，碑上刻的是："南方的天才"。美国黑人文学著名评论家芭芭拉·克里斯琴高度评价《他们眼望上苍》，指出"（它）是60和70年代黑人文学的先行者"。《诺顿美国黑人文选》将这部作品列为"哈莱姆文艺复兴时期最伟大的作品之一"。研究赫斯顿的专著和文章有近一百五十种，其中只有四种是1970年以前出版的，这充分反映了她的作品在70年代以来受重视的程度。赫斯顿的《他们眼望上苍》已成为美国大学中美国文学的经典作品之一，是研究黑人文学和女性文学的必读书。

经过了半个多世纪的风风雨雨，我们在今天回过头重新审视三四十年代的美国黑人文学作品时，比较容易摆脱当时偏狭的文学题材与审美观念的束缚。特别是从女性文学的角度来分析，可以清楚地看到今天黑人女作家致力探寻的黑人女性完整的生命价值问题，早在赫斯顿的作品里就有了相当强烈的表现。

赫斯顿共写了四部小说、两本黑人民间故事集、一部自传以及一些短篇故事。《他们眼望上苍》是黑人文学中第一部充分展示黑人女子内心中女性意识觉醒的作品，在黑人文学中女性形象的创造上具有里程碑式的意义。小说描写了反抗传统习俗的束缚、争取自己做人权利的珍妮的一生。她向往幸福的爱情，但外祖母为了使她能够过有保障的生活，强迫十六岁的珍妮嫁给了一个有六十英亩田产的中年黑人洛根。洛根对妻子的要求是和他一起耕作，并在他需要时满足他的性要求。珍妮过着没有爱情的死水般的生活。黑人小伙子乔·斯塔克斯吹着口哨从大路上走来。他口袋里装着干活存下的三百元钱，要到佛罗里达一个建设中的黑人小城去开创新的生活。他爱上了珍妮，要带她同去。珍妮在乔勾画的新生活的图景中看到了实现自己做一个独立的人的梦想的可能，于是随着他离洛根而去。乔很快发迹，成了这个小城的市长和首富。有钱有势后的乔开始要求珍妮俯首听命于他，言谈衣着必须符合市长太太的身份，并限制她和一般黑人的交往。作为洛根的妻子，珍妮是干活的牛马，作为乔的妻子，她是供乔玩赏的宠物。珍妮感到自己的生命窒息了。她无法接受社会传统加在女性身上的桎梏，始终希望有朝一日能实现自己的梦想。乔死后，她结识了一个无忧无虑、充满幻想、既无钱又无地位的叫甜点心的黑人青年，于是毅然抛弃了市长遗孀的身份和漂亮的家宅，跟着甜点心到佛罗里达去做季节工，白天一起干活，晚上和其他黑人季节工一起尽情玩乐。她终于实现了从童年时代起就具有的、按自己渴望的方式生活的心愿，从一个被物质主义和男人支配下生活的女人发展成为自尊自立的新型女性。

珍妮和甜点心的关系中既没有对物质财富的追求，也没有对社会地位的渴望，他们享受的是共同劳动的乐趣和黑人季节工群体中丰富的黑人文化传统。作者以优美的、诗一般的语言描写了珍妮和甜点心的这一段生活。在他们共同生活了两年后，一场暴风雨及洪水威胁着他们的生命。甜点心问珍妮："假如你现在会死去，你不会因为我把你拽到这个地方来而生我的气吧？"珍妮的回答是："如果你能看见黎明的曙光，那么黄昏时死去也就不在乎了。有这样多的人从来都没有看到过曙光。我在黑暗中摸索，而上帝打开了一扇门。"

然而我们也注意到，珍妮理想的最终实现，她的第三阶段的生活，是建立在一个极不现实的经济结构之上的。他们去做季节工人不是为了谋生，珍妮的财产使他们的劳作超越了谋生的需要，成了享受生活所提供的多种可能性的一个方面。小说前两部分都是建立在现实的经济基础之上的，而这一部分却是发生在一个不现实的社会经济背景之下。也许这正反映了赫斯顿的现实态度，表明她并不认为在当时的社会经济条件下，男女之间能够建立真正平等的关系，女子能够获得做人的完整权利。而珍妮与甜点心的幸福生活突然以悲剧结束，也颇耐人寻味。乐天而多情的甜点心在洪水中为救珍妮被疯狗咬伤，得了恐水病。甜点心病重后，医生叮嘱珍妮独睡，以免甜点心在神志不清时伤害珍妮。甜点心误以为珍妮厌烦了他，加以疾病的折磨，竟然向珍妮开枪，珍妮在惊恐中为自卫开枪命中了甜点心。甜点心在向珍妮开枪前说的最后一句话是："我为了使你幸福什么罪都受了，现在你这样对待我真让我伤心。"对比乔在一病不起后珍妮去看望他时所说的话，真是如出一辙："我给了你一切，你却当众嘲笑我，一点同情心都没有。"

这两个在其他方面全然不同的男人，最终变得多么相似！女人的"幸福"是男人赐予的，因此他们期待女人的感激和顺从。赫斯顿通过揭示二者死前和珍妮的关系向读者表明，女人是无法通过丈夫来实现自己生命的价值的。无论甜点心曾是一个多么理解珍妮的丈夫，只要他们仍生活在一个男性主宰的社会中，珍妮便不能通过婚姻使自我得到充分的发展。甜点心的死使她最终挣脱了传统加给妇女的以男性为主的生活轨迹。

小说是以珍妮自述的方式展开的，开始和结束都在珍妮家的后廊上。甜点心死后珍妮回到伊顿维尔家中，跟随着她的是指责和谎言。儿时的好友费奥比来看她，她就在后廊上对她讲述了自己一生追求实现生命意义的经历。在珍妮与费奥比的关系中，赫斯顿为我们展示了一个女性间相互支持的群体的雏形。不少当代黑人女作家在自己的作品中对这种黑人妇女为了获取自身解放而进行相互鼓励和支持的姐妹群体的力量有更多的描写，寄予了更大的希望。费奥比用自己的关切爱护使心力交瘁的珍妮得到了慰藉，而珍妮则以自己对男权社会反叛的经历唤醒了费奥比的自我价值感。在珍妮讲述结束后，费奥比重重地叹了一口气，说："光是听你说说我就长高了十英尺，珍妮。我不再对自己感到满足了，以后我要让山姆（费奥比的丈夫）去捕鱼时带上我。"

小说的结尾再清楚不过地表明了作者的意愿。她希望女子都能像费奥比一样，从珍妮一生的奋斗与追求中看到女性自我价值实现之重要，从而萌生出希望改变现状的要求。正是在表现女性对精神生活的独立追求上，《他们眼望上苍》开了黑人女性文学的先河，因此，说赫斯顿是当代黑人女性文学的先行者，她是受之无愧的。

赫斯顿小说的艺术特点之一是大量使用了美国黑人独特的民间口语表达方式和形象化的语言。爱丽丝·沃克在评论这部作品的语言特色时是这样说的："她（赫斯顿）不遗余力地去捕捉乡间黑人语言表达之美。别的作家看到的只是黑人不能完美地掌握英语，而她看到的却是诗一般的语言。"在翻译过程中译者力图保留作品的这些特点。但是赫斯顿所使用的语言中具有的音韵节奏，由于两种语言的巨大不同，在翻译过程中不可避免地有所流失，留下的是无奈与遗憾。